O retrato de Camille Claire

Hermes Marcondes Lourenço

O retrato de Camille Claire

Hermes Marcondes Lourenço

LETRAMENTO

Copyright © 2023 by Editora Letramento
Copyright © 2023 by Hermes Marcondes Lourenço

Diretor Editorial Gustavo Abreu
Diretor Administrativo Júnior Gaudereto
Diretor Financeiro Cláudio Macedo
Logística Daniel Abreu e Vinícius Santiago
Comunicação e Marketing Carol Pires
Assistente Editorial Matteos Moreno e Maria Eduarda Paixão
Designer Editorial Gustavo Zeferino e Luís Otávio Ferreira

Todos os direitos reservados. Não é permitida a reprodução desta obra sem aprovação do Grupo Editorial Letramento.

Esta é uma obra de ficção. Nomes, personagens, lugares e incidentes são produtos da imaginação do autor ou são usados de forma fictícia para dar teor a história. Qualquer semelhança com locais, fatos, pessoas vivas ou mortas, ideologias e temas polêmicos é mera coincidência e não refletem a opinião do autor ou da editora.

Dados Internacionais de Catalogação na Publicação (CIP)
Bibliotecária Juliana da Silva Mauro - CRB6/3684

L892r	Lourenço, Hermes Marcondes
	O retrato de Camille Claire / Hermes Marcondes Lourenço. - Belo Horizonte : Letramento, 2023.
	186 p. ; 15,5 cm x 22,5 cm.
	ISBN 978-65-5932-168-1
	1. Sobrenatural. 2. Suspense. 3. Mistério. 4. Ficção. I. Título.
	CDU: 82-312.4(81)
	CDD: 869.93

Índices para catálogo sistemático:
1. Literatura brasileira - Suspense 82-312.4(81)
2. Literatura brasileira - Romance 869.93

LETRAMENTO EDITORA E LIVRARIA
Caixa Postal 3242 – CEP 30.130-972
r. José Maria Rosemburg, n. 75, b. Ouro Preto
CEP 31.340-080 – Belo Horizonte / MG
Telefone 31 3327-5771

Dedico este livro a duas pessoas marcantes em minha vida, pois sem elas seria difícil que essa história chegasse nas mãos dos mais distantes leitores do Brasil e no exterior. Ao meu editor Gustavo Abreu pelas orientações e brilhante visão literária. À Inêz Lourenço pelo incentivo em meus momentos de fraqueza. Em especial, a todos os leitores; minha eterna admiração.

Sumário

9	PREFÁCIO
12	UM DIA ENSOLARADO
19	DOU-LHE UMA...
24	MOMENTO DE CRISE
29	UM PRESENTE INOPORTUNO
33	O FEL DO AMOR
38	A OUTRA FACE DO CASAMENTO
48	MOMENTO DE DESESPERO
56	PENTAGRAMA
63	POR UM FIO
69	INEXPLICÁVEL
80	LÁGRIMAS E SANGUE
89	MUNDO DOS SONHOS
96	REDENÇÃO
103	TEORIAS
106	PROBLEMAS
111	UM GOLPE DO DESTINO
118	DESAPARECIDA
125	NATÁLIA
130	DIMENSÃO DESCONHECIDA
135	GERADOR ECTOPLÁSMICO DE TESLA
140	SACRIFÍCIO
147	ESCURIDÃO
153	DISTANTES
159	FENÔMENOS
167	INTERSECÇÃO
177	RECOMEÇO
182	EPÍLOGO

Prefácio

◇◇◇

Querido leitor e querida leitora, antes de começarmos a caminhar de mãos dadas pelo nosso lado mais sombrio, gostaria de fazer alguns esclarecimentos sobre minha vida literária.

Ser escritor, não é só pegar uma caneta ou um *laptop* e sair escrevendo de forma alucinada, achando que o livro resultará em um *best-seller*. Posso lhe assegurar que é bem diferente disso, e que o mundo fora das páginas de um livro é bem real e a concorrência é árdua e injusta.

Com dezoito anos de idade escrevi meu primeiro livro. Na época eu era um adolescente considerado "esquisito" pelos amigos, doido pela família e sem futuro para algumas almas inquisidoras — que babava (e ainda baba) na obra de Allan Poe, Agatha Christie, Alfred Hitchcock, JJ Benitez, Stephen King e garanto que outros grandes nomes surgiram e surgem em meio a minha compulsão pela leitura.

Um escritor pode nascer pronto. É aquela criança cheia de imaginação que, quando faz uma redação e ao lê-la em sala de aula, é capaz de encantar a sua plateia ou seus leitores, com histórias consideradas idiotas por alguns adultos, mas não na imaginação das crianças. Com dez anos de idade, escrevi a saga *O monstro de sangue negro que veio de Orion parte I* (e que eu me lembre chegou até o episódio XI, me colocando na frente até de Star Wars) – isso eu devo a minha antiga professora de geografia, Luba Marzuck da cidade de Itapeva (SP).

Para uma criança de dez anos de idade, vinte páginas escritas a mão referentes a cada episódio já é algo grande, e se calcularmos as vinte páginas por doze episódios temos, aproximadamente, 240 páginas, o que eu já considero um baita de um livro, que quando me dei conta, já havia escrito.

Por qual razão divido essa passagem de minha infância com você, querido leitor e querida leitora? Porque há alguns dias recebi uma mensagem de um antigo colega de classe que se lembrava da história do famigerado e temido monstro. Não só desse meu colega, mas também de outros amigos que já se pronunciaram em momentos ímpares de minha vida. O que quero provar com isso? A resposta é simples. Quero mostrar que boas histórias são marcantes e são inesquecíveis. É normal se desesperar para ler, querer acabar logo e quando chegar no final, ficar bravo porque o livro acabou. E é claro, o talento é um dom nato, e lhes asseguro que não se constrói exclusivamente frequentando cursos ou oficina de escrita.

Peço desculpas se decepcionei você que está pensando em escrever um livro. Não era essa minha intenção, pelo contrário, encare como uma forma de prepará-lo para você lidar com o que está por vir, se é esse o caminho que deseja seguir. Infelizmente o meio literário é semelhante a célebre frase do filme O exterminador do futuro: "No fate but what we make", ('Não há destino se não o fizermos'), o que é algo sombrio para os autores que não tem paciência.

Levei tempo para descobrir minha veia literária e mais tempo ainda para descobrir o gênero de que gosto de escrever e por isso, quando vocês forem ler: *Faces de um anjo*, *A conspiração vermelha*, *O último pedido*, dentre outros livros de minha autoria, irão notar que tem algo de diferente. Esse "diferente" que hoje, sem sombra de dúvidas, defino como amadurecimento. É claro que demorou para cair a ficha de que o suspense, bruxas, sobrenatural, sangue — a propósito e, diga-se de passagem, litros de sangue — sempre se fizeram presentes em minhas histórias. Em suma: o terror.

Bem, aos que não gostam do gênero, sugiro a ler outro livro e não gastem seu dinheiro nem tempo com as páginas que virão a seguir. Vou lhes apresentar um pouco da podridão humana "real" escondida nos elementos que compõe o arco da trama desta história, e quero que saibam que não tenho misericórdia com meus personagens. Até porque, se eu puder, irei ferrá-los, mas irei fazer isto com todo amor, o mesmo que utilizo para escrever as páginas deste livro.

Todos nós, sem exceção, somos os personagens de uma história chamada vida, que começa com nosso nascimento e vai se encerrar com nosso sepultamento ou cremação, na qual a cinza poderá ser jogada em algum oceano ou do alto de um prédio por algum parente comovido. Com certeza, após alguns anos você será esquecido. Por isso querido leitor, faça da sua vida, uma boa história, para que no futuro, um dia alguém se lembre de que você existiu.

Quero encontrar leitores, desnudos de pré-conceitos e que mergulhem comigo nas páginas a seguir, frutos de minha imaginação. Se você é um desses leitores, bem-vindo e bem-vinda ao meu universo e ao mundo que eu criei para você, onde a lógica de nada lhe servirá a não ser para confundi-lo. Tenho certeza de que minhas palavras irão estimular a sua vontade de ler, bem como talvez possa te fazer encontrar seus fantasmas e o assuste com os segredos sombrios de sua índole humana, confinados a sete chaves no seu subconsciente ou no divã de algum psicanalista.

É claro que índole humana é má — caso contrário não construiríamos bombas atômicas ou de hidrogênio, e não haveria necessidade de força policial armada —, independente de sexo, raça ou religião. O que nos diferencia dos animais é algo chamado de senso ético, nas quais as prisões estão repletas de "inocentes" desprovidos deste senso e pagam pela consequência de seus atos.

Permita-me apresentar-lhes: O *retrato de Camille Claire*.

Um dia ensolarado

◇◇◇

-24.778464, -24.401017,
Sul do Oceano Atlântico

O barco Santa Maria D'Agnes oscilava de um lado para o outro, deixando para trás um rasgo espumoso que se desfazia pelas ondas do oceano com o sol a pique em um dia de verão.

— Isso é loucura! — disse Carlos com a pele ardendo enquanto, com maestria, conectava os cabos de vídeo ao monitor de alta resolução. —Precisamos voltar, já nos afastamos demais da costa! — resmungou enquanto conferia o *joystick* de comando do robô.

José permaneceu indiferente a queixa do amigo. Tinha um sexto sentido que lhe dizia que estavam perto. A luz esverdeada cintilante do sonar o atraia como uma mosca em direção à luz azul. A luz não mentia.

Estavam navegando próximos de um objeto, que por sorte estava localizado no início de uma dorsal oceânica, cuja profundidade alcançaria 5 mil metros com facilidade. Se navegassem alguns quilômetros a mais, já não teriam cabo suficiente para o robô-explorador e teriam que se planejar para outro final de semana.

— Calma Carlos, chegamos. O sonar está mostrando que o objeto está a 1200 metros de profundidade. Se as informações que coletamos estiverem corretas, foi bem aqui que afundou um navio de escravos trazidos da África para o Brasil.

Carlos franziu a testa. Há três meses navegavam nos finais de semana a procura de um suposto navio que afundou longe da costa brasileira, graças a uma preciosa informação. Era como procurar uma agulha em um palheiro. O que de início parecia uma aventura, com o passar do tempo tornou-se para José uma obsessão. Tentava convencer o amigo do contrário, só que a teimosia de seu amigo falava mais alto. Já haviam encontrado diversas quinquilharias no fundo do oceano, até um pedaço de satélite que conseguiram lucrar vendendo para um aficionado no mercado de pulgas. O que seria desta vez? Apressou-se em descer a sonda, pois só após a decepção de José encontrar uma nova sucata o faria seguir o caminho de volta para a casa. Já se imaginava saboreando a comida caseira e o calor da esposa, que era bem melhor e menos nociva do que o calor do sol. Havia prometido a amada que seria a última investida que faria com José.

— Robô sonda descendo, José. Tempo estimado de aproximação em vinte minutos — respondeu enquanto da cabine supervisionava o gigante carretel que submergia o robô fabricado em titânio, controlando pelo simples girar de um botão.

O sonar era claro e preciso. Conseguiam acompanhar detalhadamente o robô-sonda descendo em direção ao ponto esverdeado que piscava na tela. As imagens iniciais não eram conclusivas, até então um distante retângulo sem nitidez.

— Parece que achamos algo grande — afirmou José com os olhos fixos no *display*.

Carlos respirou fundo. Já havia ouvido a mesma frase diversas vezes e sabia qual seria a seguinte. "Se encontrarmos esse navio estaremos ricos! Este navio trazia um importante empresário que estava de mudança para Brasil, junto com seus escravos. Toda a fortuna que ele possuía estava no baú do navio, e estou falando em libras esterlinas talhadas em ouro!"

— Deve ser outro pedaço de satélite. Acho que devíamos voltar ou iremos chegar muito tarde — afirmou Carlos enquanto José não despregava os olhos do monitor.

— Carlos, ative a câmera. Você não entende a importância de nosso investimento. Se encontrarmos esse navio estaremos ricos! Este navio trazia um importante empresário que estava de mudança para Brasil, junto com seus escravos. Toda a fortuna que ele possuía estava em um baú; estou falando em libras esterlinas talhadas em ouro!

Carlos ativou a câmera enquanto olhava para o teto da cabine com fisionomia de indiferença. Tudo o que queria era voltar logo. Já estava desistindo da ideia, pois o que de início parecia uma aventura, com o tempo tornara-se um fardo. Só esperava o momento oportuno para comunicar a José que aquela seria a última vez que navegava com o amigo a procura de um tesouro.

Olharam para câmera que mostrava que o robô-sonda já se encontrava a 1150 metros de profundidade.

— Gire o robô 360°, preciso de uma visão ampla. Ative as câmeras da base.

Carlos pressionou alguns botões e em poucos minutos as imagens surgiam na tela, dando a sensação de que admiravam um aquário. Vasculharam ao redor, até que identificaram o objeto que o sonar havia localizado.

José sentiu o coração acelerar.

— Ative o *zoom*! — gritou, debruçado diante do monitor.

Carlos ativou o *zoom* enquanto as mãos experientes manuseavam o *joystick* que controlava o robô.

Ao ver a imagem as mãos começaram a tremer.

"Isso não pode ser verdade", pensou ao ver detalhadamente a imagem de um imenso baú retangular com crustáceos que se aderiram ao longo do tempo.

— Encontramos! — gritou José que correu na direção de Carlos e o abraçou.

Carlos parecia não acreditar no que estava vendo.

— Estamos ricos! — dizia José apertando o velho crucifixo de madeira que trazia pendurado no peito, recordação do falecido avô.

Carlos ativou o robô e o travou no baú. Bastava apenas içar o tesouro, se é que dentro daquele baú realmente existia um tesouro. Preocupava-se com a decepção de José caso encontrassem outra quinquilharia.

Com domínio do *joystick* conseguiu segurar o baú com as travas articuladas do robô. Acionou o motor de tração para içá-lo com cuidado e sem pressa. O baú devia pesar uns 80 quilos e sabia que assim que emergisse, o sistema desligaria automaticamente.

José saiu correndo da cabine em direção à proa do Santa Maria D'agnes.

"Só espero que você esteja certo, José", pensou Carlos olhando para o amigo dominado pela emoção e temendo pela frustração. Até o momento haviam encontrado apenas um baú, e desconheciam seu conteúdo. Por meses haviam navegado numa área de 50km do epicentro no mapa, que sugeria o provável local que o navio havia afundado. Nada exato, apenas suposições resultantes do estudo de um aficionado.

José caminhava de um lado para o outro, enquanto o baú era içado. O tempo parecia não passar transformando os minutos em uma eternidade. O silêncio do Santa Maria D'agnes era quebrado pelo motor que içava um objeto pesado, a ponto de inclinar a proa do barco que balançava com as ondas do oceano.

Minutos depois, o baú emergia mostrando que as dimensões eram concordantes com os dados do vídeo, e que deveria ter pelo menos um metro de largura por 90 centímetros de altura, corroído pela ação do tempo e da água salgada. Estava todo aderido por crustáceos conforme haviam visto no monitor, além de estar repleto de algas que foram arrastadas durante a subida até o barco. Com esforço e cuidado, conseguiram trazer o baú a bordo, e colocá-lo próximo a proa.

— Rápido, Carlos! Traga a caixa de ferramentas! Quero ver o que tem dentro — disse José enquanto retirava as travas articuladas do robô, conectadas ao baú.

Carlos foi buscar a caixa de ferramentas. Minutos depois voltava com a caixa de metal nas mãos, enquanto olhava para José sem acreditar que tivesse algum tesouro escondido dentro do velho e deteriorado baú.

— José, não crie expectativas demais — disse entregando a caixa de ferramentas. — A maioria dos baús antigos traziam roupas e pertences de mulheres de homens bens sucedidos. Eram as malas de antigamente. Alguns baús traziam livros e objetos que, acredito eu, já devam estar destruídos pela ação do tempo e da água salgada.

José ficou calado. Retirou uma espátula da caixa de ferramentas e começou a retirar os crustáceos aderidos no baú. Para surpresa de ambos, o baú era de madeira, e as fechaduras corroídas destacavam-se no tampo superior. Estavam curiosos que nem o calor do sol os incomodava.

— Carlos, esse é o nosso baú. Tenho certeza de que vamos ficar ricos! A história nunca erra. Segundo os documentos esse baú foi arremessado ao oceano após um empresário, durante a viagem para o Brasil, descobrir que um de seus escravos de confiança estava liderando um motim. Com medo de perder a fortuna que havia conquistado, o empresário arremessou no oceano o baú com toda sua fortuna, porque ele e sua esposa sabiam que não escapariam com vida dali. Temendo que algum escravo voltasse para pegar a fortuna que atirou no oceano, à noite – antes da rebelião –, ele ateou fogo no navio e o afundou. O interessante é que esse empresário enriqueceu na Espanha do dia para a noite na época da Inquisição. Dizem que ele se casou com uma bruxa e estava tentando tirá-la de lá para que ela não fosse assassinada pela inquisição espanhola, mas isso não vem ao caso. O que interessa é que sabemos onde ele guardou seus bens mais preciosos!

Carlos, custava a acreditar na história de José. Era cético e acreditava no que os olhos viam.

— Mas se todos os escravos morreram, como é que sabem que o navio afundou bem aqui? Como é que sabem sobre o baú? — indagou Carlos enquanto observava José com paciência manusear a espátula, retirando os crustáceos até revelar uma fechadura antiga.

— Simples. Nem todos os escravos morreram. Um deles ficou à deriva segurando um tonel vazio de carvalho. Ele teve sorte de ter sido encontrado dias depois por outro barco de escravos e ser resgatado com vida, apesar de estar muito fragilizado pelos dias que ficou no mar. O fato é que ele viveu tempo suficiente para contar a história. Ao menos é o que diz os documentos.

José ficou quieto e pensativo olhando para água que continuava a vazar pelo baú de madeira.

— Só não entendo como é que esse baú não se deteriorou tendo ficado tanto tempo aí embaixo —questionou Carlos.

José riu, retirando um pedaço de metal — semelhante a uma chave mestra—, da caixa de ferramentas.

— Simples, Carlos. Sabemos que a madeira se deteriora com o tempo pela ação de fungos e de cupins. No fundo do oceano, não há cupins nem fungos. Por isso embarcações antigas de madeira são retiradas quase que intactas das profundezas oceânicas, lembrando que antigamente se utilizava madeira maciças e não essas porcarias de hoje, os famosos MDF's feito com fibras de madeira e resinas sintéticas.

Até que o estalar da fechadura interrompeu a conversa, e com cautela os amigos abriram a tampa do baú. Ficaram surpresos ao perceber que havia algumas taças de prata corroídas, algumas libras esterlinas em ouro misturada aos restos de capas de couro de diversos livros que se deterioraram.

Ao remexerem no baú encontraram dois colares de ouro e um longo cilindro de porcelana tapado com cortiça lacrado com cera de abelha, que resistiu bravamente ao tempo e a água do mar.

— Realmente a maior fortuna é o conhecimento... — lamentou José, olhando para o humilde tesouro.

Carlos pensou que, com muita sorte e agregando o devido valor histórico, a venda das joias daria para custear o tempo que ficou no oceano com o amigo, e quem sabe, desse para comprar um carro novo. O tesouro era uma farsa. Enquanto fazia planos pegou o cilindro de porcelana para examiná-lo com cautela.

— Vamos ver o que tem aqui.

Ao destapar o cilindro, percebeu que dentro havia um tecido enrolado que conseguiu resistir ao ambiente adverso e ao tempo. Só não boiou para a superfície por estar aprisionado no pesado baú. Retirou-o enquanto José mantinha o olhar para o pequeno tesouro dourado, estimando seu valor monetário.

Assim que desenrolou o tecido, nele havia a pintura de uma linda mulher. Era loira, tinha os peitos empinados, dando a sensação de que a qualquer momento iriam estourar o decote "v" do longo vestido a azul. A pele era branca, os olhos azuis pareciam que tinham vida, os lábios escarlates contrastavam com o rosto angelical. As mãos seguravam um buquê de rosas brancas.

"Eu me casaria com ela! Minha esposa sequer chega aos seus pés", pensou Carlos hipnotizado pela tela inanimada.

— Eu vou ficar com essa tela. Você pode ficar com todo o ouro que encontrou. Pelo menos terei algo para pendurar na parede de casa.

José havia acabado de secar e polir o ouro que havia encontrado. Odiava pinturas e estava concentrado em calcular o valor do dinheiro que o amigo estava abrindo mão. Carlos que se dane, pensou ao olhar para a tela e via a imagem de uma velha, com um capuz preto, segurando um crânio humano. Tinha as unhas pontiagudas e o dedo indicador estava inserido dentro de uma das órbitas do crânio.

— Ridículo! Só o idiota do Carlos para querer ficar com uma porcaria dessas — disse para si mesmo enquanto voltava a polir as moedas de ouro.

— José, gostei demais dessa pintura. Pode até não ter valor, mas vai ficar bem na parede de casa.

— É toda sua. Fica sendo a compensação pelo tempo que você se dedicou na procura deste baú.

Carlos enrolou a tela e a guardou no recipiente de porcelana. Continuaram com a rotina, enquanto o barco Santa Maria D'Agnes iniciava o caminho de volta.

Horas depois, Carlos foi até o pequeno cômodo individual de descanso onde havia uma cama, uma pia e as fotos da esposa coladas com durex na parede, no estreito espaço. Estava com o cilindro de porcelana. Desenrolou a tela e os olhos começaram a percorrer minuciosamente a belíssima pintura à óleo.

Carlos se esqueceu da família. Aproximou-se pronto para beijar os carnudos e escarlates lábios da bela mulher que aflorava da pintura. Sim, um primeiro beijo verdadeiro na mais bela amante, cuja consciência jamais lhe cobraria o preço de uma traição.

Só que no momento em que ia beijá-la, foi sugado para dentro da tela. Parecia que estava preso em um outro mundo, separado da realidade por uma fria e impenetrável parede de vidro. Conseguia ver o corpo se incinerar sobre a cama no pequeno cômodo.

Lembrou-se da esposa e dos filhos, em seu último pensamento.

Dou-lhe uma...

◇◇◇

Na pequena lanchonete, sentado diante do balcão lutando por um espaço para pôr os pés entre a cadeira e a vitrine repleta de guloseimas, Leonardo Fontes analisava o semblante dos clientes, procurando por alguém com perfil de arrematador profissional que pudesse prejudicá-lo com um lance mais alto para colocar por terra abaixo o seu plano. Entre um gole e outro do cappuccino italiano, aproveitava para olhar mais uma vez no *tablet* a notícia da pintura encontrada no Rio de Janeiro.

> **Morte misteriosa em barco no Rio de Janeiro**
>
> Desde o mês passado, a polícia investiga a misteriosa morte de dois "supostos" caçadores de tesouro, cujos corpos foram encontrados carbonizados.
>
> Carlos Alves, 38 anos, e o amigo José Martins, 42 anos, foram encontrados em um barco à deriva pela guarda costeira.
>
> O inexplicável foi o fato de ambos os corpos terem sido encontrados carbonizados sobre o leito, porém, os lençóis e o barco como um todo não se incineraram e sequer havia outros sinais de combustão. A polícia suspeita de que os corpos foram plantados no local. O barco só chegou a costa do Rio de Janeiro graças ao piloto automático e chocou-se contra um banco de areia próximo ao litoral, o que chamou a atenção da guarda costeira.
>
> No barco também foram encontradas joias no valor estimado de 100 mil dólares, e junto com um dos corpos, uma intacta pintura a óleo sobre tela, que foi colocada a leilão pela viúva de Carlos Alves, cujo lance mínimo não foi revelado. O leilão acontecerá no Palácio das Artes, na cidade Belo Horizonte, Minas Gerais. A investigação permanece em andamento.

"Poucas pessoas estão sabendo que esse quadro vai a leilão hoje, e ele vai ser meu", pensou Leonardo enquanto olhava para o Rolex que marcava 14h45min.

Pelas informações que havia obtido, o quadro poderia valer milhões. Um funcionário, parente de um falecido historiador, disse que esse historiador passara a vida à procura de um tesouro perdido antes de desaparecer e, posteriormente, ser dado como morto. A obsessão era tanta que o historiador chegou a ser expulso da docência por agredir outro pesquisador, que discordava da existência da fortuna perdida.

Foi fácil colocar alguns peritos de confiança para pesquisar se o historiador desaparecido tinha razão. Por sorte era amigo de um docente de uma universidade de Belo Horizonte, que ajudava o historiador do Rio de Janeiro na coleta de informações, traduções de documentos em espanhol e francês, mas que de antemão alertara que procurar um baú no fundo do oceano, fundamentando-se em cartas marítimas de supostos lugares onde o navio provavelmente teria afundado, era loucura e que com certeza, caso existisse, a fortuna não se resumiria em algumas moedas, e as poucas joias como as que foram encontradas no barco à deriva no Rio de Janeiro. Parecia que estavam longe do verdadeiro tesouro.

"Estes historiadores ainda precisam aprender a pesquisar", pensou Leonardo, com ironia. Sempre fora um exímio estrategista, e jamais participaria de um leilão para perder.

— Hoje eu arremato essa tela! — disse para si mesmo enquanto a garçonete quase derrubava o troco de outro cliente bem na xícara do *cappuccino* de Leonardo. O que ninguém sabe é que meu velho amigo e professor de MBA também pesquisou a história por trás dessa pintura...

Tinha muita admiração pelo velho mestre de gestão, James Stuart. Graças a ele e seus contatos na universidade de Madrid, conseguiu levantar informações das quais o pobre historiador brasileiro sequer sonhara. Descobriu que o rico empresário europeu era paupérrimo até se casar com uma mulher que o ajudou a enriquecer quase que do dia para a noite. Quando a igreja descobriu esse súbito e misterioso enriquecimento, a igreja acusou a esposa do empresário de bruxaria, que temendo pela vida da amada, decidiu mudar-se de pais. Não tendo como trazer todo o dinheiro, ele e a esposa compraram uma pintura, de Evon Zerte, uma velha bruxa cuja filha havia sido discípula de Di Ser Piero, em seus últimos dias de vida em Amboise, França. O que poucos sabiam é que Di Ser Piero – mais conhecido como Leonardo da Vinci –, ele pintou uma tela com o auxílio da jovem bruxa batizada como *O retrato de Camille Claire*, dias antes do polímata morrer.

Após a morte do famoso pintor, a jovem bruxa voltou para os braços da mãe, amaldiçoou a pintura e desapareceu dias depois. A mãe guardou a tela como única recordação da filha, mas acabou morrendo nas mãos da inquisição e, supostamente, os parentes venderam a pintura na Espanha para um rico empresário, por um valor exorbitante. O empresário tinha como objetivo presentear à sua esposa com a pintura, que coincidentemente também tinha uma relação próxima com o misticismo, pois ela pertencia a um famoso *coven* de bruxas. Raras pessoas tiveram o prazer de ver a pintura, e diziam que dependendo do ângulo em que ela era vista, ela poderia trazer a imagem de uma linda mulher ou de uma idosa com aparência horrenda. O mínimo a se esperar de uma pintura cujos traços foram auxiliados por um polímata como Leonardo da Vinci.

—Preciso apenas comprovar a veracidade da história, e eu terei em minhas mãos uma obra renascentista com as pinceladas de Da Vinci de valor incalculável. Uma pintura ímpar, com a característica de se transformar em outra, dependendo do ângulo de visão. Isso colocará a *Monalisa* no chinelo —confabulava para si mesmo.

Olhou assustado para o relógio.

— *Putz*, faltam cinco minutos! — murmurou, saindo da tumultuada lanchonete em direção ao auditório lotado.

Diversas telas haviam sido anunciadas, mas a pintura que mais desejava seria leiloada no final. Preferiu permanecer no salão, era melhor se precaver. As vezes o leiloeiro poderia alterar a ordem, fazendo com que a pintura fosse anunciada logo no início.

Havia transferido toda as suas economias para comprar o sonhado Maserati Granturismo para investir na preciosa obra de arte, pois seria difícil encontrar alguém disposto a colocar a mão no bolso por um quadro de um artista desconhecido. Sabia que a esposa de Carlos queria distância da obra de arte que a fazia recordar do falecido marido e, por sorte, o perito em arte que avaliou a pintura a achou bizarra –talvez pelo efeito da dupla imagem, técnica que Da Vinci havia empregado – e não deu o valor "justo" a ela. É claro que o amigo James Stuart seria consultado pelo perito, e que ele depreciaria o valor graças a um depósito generoso feito por Leonardo.

À medida que as telas eram arrematadas, o salão ficava menos cheio, até que conseguiu lugar para se sentar. Após uma hora de espera no auditório – que já devia ter umas quinze pessoas –, finalmente ouviu o anúncio do Lote 913, a obra de arte que tanto desejava.

—Vamos iniciar o leilão da tela 913, trazida do Rio de Janeiro. Um retrato que foi encontrado com o falecido marido da senhora Ana Clara Miranda. Como nosso leilão preza pela integridade, temos o dever de informar que a pintura que iremos leiloar foi encontrada ao lado do corpo do marido da proprietária. Vamos começar com o lance de 20 mil dólares, valor este estipulado por nosso especialista em arte, por se tratar de uma tela pintada aproximadamente na segunda década do século XVI, por uma artista desconhecida. Vinte mil dólares é o lance inicial, alguém dá mais?

Leonardo ficou calado. Enquanto observava se tinha algum concorrente. Até que, um senhor calvo, levantou o dedo seguido da voz rouca:

—Vinte mil e quinhentos dólares.

— Já temos vinte mil e quinhentos dólares, alguém dá mais? Estamos falando de uma tela que será entregue em seu cilindro original de porcelana. Vinte mil e quinhentos, alguém dá mais? Vamos fechar em vinte mil e quinhentos dólares…. Dou lhe uma, dou-lhe duas.

O jogo havia começado. Leonardo, ainda sem tirar os olhos do *tablet*, indiferente a todos os outros concorrentes, levantou o dedo gritando:

—22 mil dólares — falou e ao mesmo tempo voltou a navegar na página de notícias.

— Já temos vinte e dois mil dólares daquele senhor de terno, cabelos curtos e de óculos segurando um *tablet*. Será que eu ouvi 23 mil dólares… Alguém?

O senhor calvo olhou para trás, percebendo que seu concorrente olhava para o *tablet*, indiferente a todos. Já conhecia aquele tipo de arrematador. Sabia que havia vindo para levar a tela. "Vou tentar uma última cartada", pensou enquanto a careca refletia a luz mais do que o espelho.

— 30 mil dólares! — gritou o velhinho com um sorriso irônico na face enrugada.

—Esplêndido! Já temos 30 mil dólares daquele elegante senhor calvo. Será que eu ouvi 35 mil dólares? Alguém?

Leonardo continuou olhando para o *tablet*, até que viu a mensagem de Olívia Helena destacando-se na tela principal.

Querido, nosso casamento está à beira da ruína. Se eu descobrir que você comprou aquele quadro que foi encontrado junto com um cadáver incinerado, saiba que eu vou mudar para a casa de mamãe com as crianças. Depois você irá conversar com meus advogados para assinar o divórcio. Pense bem...

— Que merda! Era só o que me faltava…. Puta que pariu! Bem que minha mãe me avisou para não me casar… — murmurou, chamando a atenção de uma senhora idosa, enfeitada como a Carmem Miranda, que olhou para Leonardo misturando as rugas da idade com as de indignação.

— Desculpe-me! — sussurrou para a velhota.

Leonardo, respirou fundo, enquanto o leiloeiro já anunciava no microfone:

— Dou-lhe duas... — prestes a bater o martelo. Levantou-se olhando para o senhor calvo.

— 50 mil dólares! — gritou, voltando a sentar e clicar no *tablet*.

De longe dava para perceber o rosto do senhor calvo ficar vermelho, que levantou e se retirou do auditório. Algumas pessoas cochichavam e olhavam para Leonardo, que continuava com as pernas cruzadas entretido com o *tablet*, até que após algum tempo, ouviu-se a batida do martelo, seguido da frase:

—Vendido para aquele senhor de terno, de cabelos curtos.

Antes que Leonardo se levantasse, uma loira *sexy*, vestindo um terninho branco, aproximou.

— Boa tarde, meu nome é Aline. O senhor poderia me acompanhar para finalizarmos a compra?

Leonardo a acompanhou até uma pequena sala, dividida por uma escrivaninha que separava os clientes das prateleiras, com pilhas de papel. Sobre a escrivaninha, havia alguns documentos que a loira *sexy* entregou para Leonardo.

Após finalizado a parte burocrática, Leonardo recebeu a tela dentro de um cilindro de porcelana e foi acompanhado pelo segurança até o carro e em poucos minutos, já dobrava a primeira esquina.

"Me perdoe Olívia, mas acabei de comprar a aposentadoria de nossa família", pensou enquanto dirigia pela movimentada Avenida Afonso Pena.

Momento de crise

◇◇◇

A noite começava a cobrir Belo Horizonte com seu manto frio, enquanto as estrelas escondiam-se confundidas pelo piscar das luzes dos aviões que cruzavam o céu nas mais variadas direções.

Quebrando a rotina da pontualidade, com uma hora de atraso, Leonardo havia chegado em casa. A razão da demora foi que havia passado em um banco para guardar a pintura em um cofre, bem como fazer o seguro da obra de arte.

Havia gastado uma fortuna, mas conseguiu negociar o seguro do retrato bem acima do valor que havia pago, e claro, longe dos olhos e conhecimento da esposa, de forma a preservar o casamento. Caso a obra de arte fosse roubada ou destruída, a seguradora iria lhe pagar uma fortuna e não precisaria trabalhar pelo resto da vida. É claro que assim que comprovasse a participação de da Vinci, o valor do seguro seria inimaginável.

A sensação de vitória era indescritível. Era uma das raras pessoas do mundo que possuía uma tela pintada por uma mulher que teve o apoio do mestre renascentista Leonardo da Vinci, que a auxiliou com os precisos traços do pincel, movido pelas mãos dotadas de uma perfeição absoluta.

Precisava de tempo para fazer o levantamento histórico do retrato, bem como ter os laudos de autenticidade assinado pelos grandes peritos em arte que relatassem a veracidade da pintura, além da semelhança inconfundível dos típicos e precisos traços de Leonardo da Vinci. Só a especulação, valia milhões!

Ao sair do carro, viu que o Porsche branco da esposa estava na garagem.

— Ferrou! Ela chegou primeiro — sussurrou enquanto fechava o carro seguido do silvo irritante do alarme, que denunciava sua chegada.

Já estava cansado de custear os altos gastos nas contas de cartão de crédito de Olívia. Realmente o casamento não ia bem. Nem por isso traiu a esposa, apesar de não ter faltado oportunidade. Olívia tinha um temperamento difícil de aturar. Era filha única de um casal de desembargadores, que cresceu coberta de mimos e badalações.

"O que eu não faço pelos meus filhos", pensou Leonardo, enquanto abria a porta da sala. Assim que entrou, imaginou-se colocando a tela em um espaço que havia reservado para ela. Queria tê-la em casa nem que fosse por uma semana.

O ideal seria dar um tempo para a esposa não perceber que um quadro apareceu logo após ela dizer para ele não comprar. Algumas semanas seriam suficientes para depois entrar com a obra de arte em casa, dizendo que era uma pintura feita por um artista desconhecido e que a havia adquirido de um cliente que estava enterrado em dívidas. Ao menos a esposa era uma analfabeta quando se tratava em avaliar uma pintura.

Terei de ser esperto para driblar Olívia e conseguir colocar essa pintura dentro de casa, pensou com o sorriso maroto no rosto.

Olhou para a imensa sala encrustada de objetos de arte, de diversos países, de épocas distintas. Era iluminada por um lustre francês do século XVII, que destacava o jogo de porcelanas, livros raros, tapeçaria, prateleiras com manuscritos originais de autores não tão conhecidos. Tudo em perfeito estado de conservação, exceto o casamento.

Deixou a pasta sobre a escrivaninha de ébano africano e dirigiu-se para a sala de televisão. Ao chegar deparou-se com os sogros comendo pipoca e Melissa, a filha mais nova deitada no colo da avó, enquanto assistiam *Drácula*, filme adaptado do romance de Bram Stoker. O sangue começou a ferver e sem dizer nenhuma palavra pegou o controle da televisão, e mudou o canal para o de desenhos animados.

— Quantas vezes eu já pedi para não deixarem Melissa assistir filmes de terror? Depois ela não vai conseguir dormir no quarto dela. Parecem que vocês esquecem que ela só tem oito anos! — esbravejou tentando pôr para fora a frustração de não poder trazer o retrato que havia arrematado para dentro de casa.

Antes que os sogros pudessem responder, Olívia tomou o controle das mãos de Leonardo, colocando de volta no filme do *Drácula*.

— Você não pode tratar meus pais assim! Melissa já dormiu, enquanto esperava você chegar para jantar com ela, como tinha prometido. Pedi para que meus pais viessem para que nós pudéssemos sair, pois temos assuntos pendentes.

"O objetivo da guerra é a paz", pensou Leonardo, recordando-se das célebres palavras de Sun Tzu, enquanto observava a face furiosa da esposa.

— Mil perdões — disse para os sogros, sem deixar de olhar para a esposa. —Não percebi que Melissa estava dormindo— respondeu cabisbaixo.

— O Fernando também já foi dormir? — perguntou para esposa, tentando abrandar a situação.

Olívia estava enfurecida. A presença dos pais a tornava ainda mais insuportável.

— Ele está com o professor particular estudando para a prova de matemática, ou você já se esqueceu que ele pegou duas recuperações?

— Ok, vamos sair! Estou faminto... Já pensou em um lugar para irmos?

— No lugar de sempre — respondeu Olívia com ironia.

A esposa caminhou calada em direção a garagem, atravessando a sala que parecia um museu.

— Vamos no seu carro ou no meu? — perguntou Leonardo se esforçando em quebrar o gelo.

— No meu carro e você dirige. Já fiz reservas na pizzaria da Prudente.

Fernando ficou calado. Viu que o momento não era para diálogo e dirigiu em direção a pizzaria favorita localizada na avenida Prudente de Morais. Durante todo o percurso a esposa ficou calada.

Ao chegarem, Leonardo deixou o carro com o manobrista e foram acolhidos e levados até a mesa de casal que tinham costume de se sentarem. Os garçons pareciam pinguins com a camisa branca coberta pelo avental preto e corriam de lado a lado. O espelho que cobria as paredes da pizzaria lembrava um motel que ao invés de dar a sensação de um ambiente maior, dava a impressão de uma multidão, isso sem contar as garrafas vazias penduradas no teto como parte da decoração, que para qualquer um que olhasse para o alto tinha a sensação de que uma iria despencar sobre a cabeça de algum cliente. A salvação era a pizza artesanal e *brusqueta* que eram preparados com maestria.

— Um *chopp*, por favor! — solicitou Leonardo ao garçom que passava ao seu lado quase derrubando a bandeja.

— Pensei que iríamos tomar vinho. Já estou acostumada com seu egoísmo.

Leonardo se levantou, correu em direção ao garçom que havia feito o pedido.

— Mudança de planos. Por favor, um vinho e duas taças. Se possível um tinto, francês, suave e da costa do Rhône.

O garçom riu. Consentiu com a cabeça, enquanto Leonardo voltava cabisbaixo até a esposa.

— Que merda! Até quando vou deixar essa mulher me humilhar? Calma, Leonardo. Pense em seus filhos, eles precisam de você, ainda mais de Melissa — dizia para si mesmo enquanto sentava-se à mesa e olhando para Olívia que mantinha a mesma cara de peixe morto.

— Pronto, benzinho. Já pedi nosso vinho!

Olívia retocou o batom, mantendo o ar de imponência.

— Léo, eu pensei muito antes de vir aqui e quero resolver a nossa situação. Não dá mais. Precisamos dar um tempo.

"Como se todos nós fôssemos perfeitos", pensou Leonardo enquanto respirava fundo preparando-se para o discurso da esposa que estava por vir, apontando suas falhas.

— Querida, sei que meu trabalho tem nos afastado. Isso me afeta, pois ando perdendo a paciência à toa, inclusive com você. Peço desculpas e me comprometo a melhorar.

Olívia cruzou os braços e fitou os olhos do marido, escondendo as mãos.

— Me diga, Léo, por favor.... Qual é a cor do meu esmalte e ainda mais, eu estou usando nossa aliança?

"Que porra! Ela só pode estar para menstruar", pensou deixando escapar um pálido sorriso.

— Amorzinho, eu estava dirigindo. Quando cheguei em casa, você quase me engoliu vivo. Não deu tempo de prestar atenção nas suas mãos, mas seus olhos verdes continuam lindos. A propósito, você fez escova hoje no cabelo, não fez?

Olívia franziu o rosto, enfurecida.

— É disso que estou falando! Sabia que qualquer mulher gosta de ser admirada? Que o marido se lembre que ela existe? Que ele a convide para sair de vez em quando? São essas atitudes que você se esqueceu há tempos, me causa repulsa. Lhe darei quinze dias para melhorar. É sua última chance. Se não conseguir, vou morar na casa de meus pais com as crianças e você irá receber o pedido de divórcio.

Leonardo olhou para a esposa. Lembrou de quando a conheceu em um *resort* em Recife. Do casamento, do nascimento de Fernando, da gravidez de Melissa. O relacionamento era o que mais importava. Sabia que o maior investimento que poderia fazer era em prol da própria família, e pela primeira vez, não estavam falando de dinheiro. Por outro lado, viver ao lado da esposa estava virando um tormento. Ela era como um botijão de gás vazando pronto para uma explosão de chatice, que era descarregada quase que diariamente em qualquer pessoa que se aproximasse de Olívia.

Por sorte, o clima foi quebrado pela chegada do garçom para servir o vinho, mas nada o impedia de refletir sobre o dilema imposto pela esposa: a família ou voltar a ser solteiro e ter que ficar longe dos filhos.

"Até que a morte os separe", pensou. "Vou ter que esperar tanto?" Refletiu enquanto olhava para Olívia, que bebia o vinho sem sequer ter brindado.

— Querida, você sempre será minha melhor escolha. Prometo que vou mudar — disse olhando para os olhos verdes de Olívia, deixando escapar um sorriso que não passou despercebido pela esposa.

— Do que você está rindo? — perguntou Olívia, colocando a taça sobre a mesa.

Leonardo se conteve.

— De você... Às vezes é capaz de pensar que estou distante, mas minha família é o meu tesouro mais precioso — respondeu Leonardo com as primeiras palavras que vieram a mente, porém guardava em segredo a felicidade, pois o destino revelava uma solução para conseguir trazer a valiosa pintura para casa. Retirou a Montblanc do bolso da camisa, pegou um guardanapo e rabiscou um coração e escreveu em seu interior "Léo e Olívia, para sempre" e o entregou para esposa. Sabia que era um gesto infantil, só que era a melhor atitude que conseguiu pensar naquele momento.

Olívia leu e amassou o papel.

— O seu para sempre pode durar bem pouco. Só depende de você — respondeu a esposa com ironia.

"Sua idiota, ainda vem falar de sentimentos", pensou Leonardo enquanto acenava para o garçom.

Um presente inoportuno

◇◇◇

Um mês se passou enquanto Olívia e Leonardo dormiam em quartos separados. No quarto de Olívia, o *display* do decodificador da TV a cabo quebrava a escuridão das cortinas com blecaute e marcava 10h47min da manhã.

O sono tranquilo de Olívia foi interrompido pelo som irritante do interfone que tocava com insistência. Retirou o tapa olho entorpecida pelo sono, enquanto as mãos descoordenadas tateava a mesa de cabeceira à procura do celular. Após pressionar o *display*, os olhos custaram a se adaptar à luminosidade. Havia diversas ligações perdidas da empregada e uma mensagem de Leonardo.

> Querida, já fiz o café e vou deixar as crianças na escola. A Marlene não virá trabalhar hoje, pois ela ligou dizendo que está com febre e vomitando e foi procurar atendimento médico. Então, não se esqueça de buscar os meninos na escola. Beijos.

"Era só o que me faltava... Vou ter que ligar para a diarista ver se ela pode vir no lugar da Marlene", pensou incomodada pelo som insistente do interfone.

— Que droga! Quem será a uma hora dessas?

Acendeu a luz do quarto. Pegou o interfone ao lado da cama.

— Pois não? — disse com a voz rouca, sentindo o mal hálito e a necessidade de escovar os dentes.

—Bom dia! Tenho uma entrega urgente para a senhora Olívia Helena.

— Estou indo. Um momento por favor— respondeu enquanto olhava para a vídeo-porteiro. De fato, havia dois homens escoltados por dois seguranças. Um trazia um volumoso pacote e outro com um gigantesco buquê de rosas.

Levantou-se, revelando um sinuoso corpo através do *baby-doll* prateado, e com as pernas brancas calçou um confortável chinelo. Seguiu em direção ao *closet* e cobriu-se com o penhoar, depois foi até o banheiro e escovou os longos cabelos loiros.

Aproximou-se do espelho, enquanto observava pequenas rugas dispersas ao lado do olho.

— Nossa! Olívia, você precisa de um *botox* urgente! — disse com os dedos esticando a pele ao lado do olho.

Seguiu até o portão e ao abri-lo, o homem que carregava o buquê de flores, aproximou-se.

— Senhora Olívia Helena? — perguntou o entregador folheando os papéis do controle de entrega, presos em uma prancheta.

— Sim — respondeu ruborizada. Já sabia que o buquê de rosas era para ela. A conversa com o marido na noite passada havia surtido efeito.

O mensageiro então entregou o buquê para Olívia, enquanto lia em voz alta o manuscrito preso a prancheta. Já os seguranças não tiravam os olhos do homem que carregava o imenso pacote.

> *O vento às vezes sopra em nossa face, como um beijo frio da solidão*
> *Enquanto a magia do amor se esconde nas areias do tempo, escrava da emoção*
> *Da sutil capacidade de impressionar com delicadeza*
> *Com um doce beijo, aquecer os lábios de vossa alteza*
> *De seu admirador, que para sempre irá lhe amar*
> *Leonardo Fontes*

Olívia riu para o mensageiro.

"Você vai ter que se esforçar muito mais do que isso, meu querido marido", pensou.

O homem que carregava o volumoso pacote, aproximou-se.

— Onde posso colocar seu presente? — perguntou enquanto os seguranças o acompanhavam.

— Pode entrar! — disse acompanhando-os e os conduzindo até a "sala museu".

O homem que carregava o pacote, colocou-o sobre uma mesa. Vestia o uniforme de uma conhecida empresa de segurança privada.

— A senhora quer abrir ou quer que eu abra? Só posso lhe garantir que seu presente vale um bom dinheiro e todo cuidado é pouco — disse o segurança olhando para Olívia, pensando na sorte que o proprietário do quadro tinha em ter uma mulher tão gostosa.

— Pode abrir. Já que é tão valioso assim... — respondeu Olívia com rispidez ao perceber que os seguranças não tiravam o olho de seu decote.

Em poucos minutos o pacote foi aberto revelando a pintura de uma linda mulher. A pintura a óleo sobre tela destacava uma loira, usando um vestido azul, com decote em V. A pele era branca, os olhos azuis pareciam que tinham vida, os lábios escarlates contrastavam com o rosto de simetria perfeita. As mãos seguravam um lindo buquê de rosas brancas. Nem os seguranças conseguiram resistir a bela imagem que tinham diante de si, esquecendo-se da beleza e do decote da anfitriã.

— Que linda! Nunca vi uma pintura tão bela! — exclamou Olívia notando uma certa semelhança do próprio rosto com o da pintura.

"Se Léo queria me impressionar, desta vez ele conseguiu", pensou enquanto respirava fundo saindo do transe imposto pelo belo retrato.

— Realmente a pintura é belíssima. Onde a senhora quer que eu a coloque? — perguntou o entregador, já olhando um espaço na parede da sala.

Por um instante Olívia sentiu as pernas enfraquecerem. Lembrou-se do leilão que havia ocorrido há um mês atrás e de que o marido estava interessado em adquirir uma tela na qual foi encontrada com uma pessoa morta no Rio de Janeiro.

— Me desculpe, mas preciso fazer uma pergunta. Essa tela foi arrematada num leilão?

O entregador já havia sido alertado pelo marido de que a esposa poderia questionar sobre a procedência da pintura e havia ganhado um adicional para responder o que Leonardo havia pedido.

— Negativo, senhora. Esse retrato que seu marido a comprou veio da Espanha e custou bem caro pelo que fiquei sabendo.

Olívia respirou aliviada. O relacionamento com o marido dava sinais de melhora. Léo havia mudado a conduta, estava mais carinhoso e atencioso.

— Senhora, então, onde vai querer que eu coloque a tela?

"Vou colocá-la no corredor que dá acesso aos quartos. Acho que Leonardo vai gostar de ficar perto da pintura que pagou tão caro", pensou.

— Me acompanhem. Quero que a coloquem essa tela perto do meu quarto.

Minutos depois o retrato foi colocado no final do corredor, como Olívia havia pedido. Ela assinou o recibo e acompanhou os seguranças e o entregador até a saída, intrigada com o valor do quadro.

Tudo começava a fazer sentido, pois desde a noite que havia dado o ultimato ao marido, ele passara a agir diferente. Não compreendia a razão pela qual Leonardo começou a ampliar a segurança da casa. A instalação de câmeras por todo lado, inclusive no quarto dos meninos. Ele alegava que era para o bem-estar de todos, pois Belo Horizonte estava tornando-se violenta. Fazia sentido. O ultimato na pizzaria parecia que estava funcionando, mas de qualquer forma, sabia que o sonho do marido era comprar o tal do Maserati que custava uma fortuna.

Ele desistiu de comprar o carro para me presentear com a tela, afirmou orgulhosa de si mesma com a sensação semelhante de quando era universitária e que tinha todos os homens caídos a seus pés. Voltou para o quarto, pegou o vestido vermelho que sempre gostava de usar, foi até o banheiro da suíte e ficou vestida com uma calcinha fio dental diante do espelho enquanto localizava as gordurinhas em excesso. Levantou os peitos pensando no melhor sutiã que poderia usar. Estava *sexy*. Olhou para o espelho evocando o olhar sedutor, o mesmo olhar que fazia para que os homens perdessem o controle na direção a ponto de provocar acidentes.

— Ainda bem Leonardo que você acordou! Pena que tarde demais, a fila anda e quem poderia imaginar que o próximo seria o seu funcionário!

Borrifou atrás das orelhas e do punho o perfume importado que ganhou do marido no Dia dos Namorados, engoliu o anticoncepcional, olhou para o relógio que marcava 11h45min da manhã. Daria tempo de ir para o motel com Jorge, e deixaria o carro em frente à escola como de costume, o que facilitaria para pegar as crianças depois da aula.

Ao sair do quarto, olhou para tela. Realmente era bela, só que o presente havia chegado tarde demais e continuou caminhando pelo corredor. Sem perceber, a mulher da pintura saiu da tela e seguia Olívia flutuando sobre o chão, enquanto a analisava da cabeça aos pés. A boca da linda mulher que havia saído da pintura começou a se esticar quase alcançando o chão, enquanto o rosto transformava-se em um monstro pronto para atacar.

Olívia sentiu uma sensação ruim e logo parou no meio do corredor. Parecia que estava sendo observada. Olhou para trás, avistou apenas o quadro e as câmeras dispersas em pontos diferentes.

—Deve ser o Léo me observando. Tanta tecnologia e o chifre é inevitável! —afirmou a si mesma. Excitada, seguiu em direção a garagem.

O fel do amor

◇◇◇

Nem o sol a pique impedia que os manifestantes protestassem contra o aumento da passagem de ônibus. Pisavam sobre a grama da recém reinaugurada praça da Assembleia, enquanto aproveitavam para jogar no chão os mais variados lixos de embalagens destinadas ao consumismo humano; o caos se apresentava para quem ousasse a atravessar a praça.

Aproveitando o trânsito parado, algumas pessoas se deitavam dentro dos próprios veículos, enquanto a PM atirava bombas de gás lacrimogênio e o pelotão armado com escudo e cassetetes, abriam o caminho em meio a furiosa multidão distribuindo balas de borracha e pancadas nos manifestantes mais audaciosos, transformando o protesto em uma "zona de guerra". Estrategicamente pendurados sobre algumas árvores, jornalistas ganhavam o dia filmando o conflito, preparando a matéria para a mídia sensacionalista.

Nove andares acima, em um prédio comercial localizado na avenida Olegário Maciel, Leonardo e sua secretária Eliza observavam da sacada a ação da polícia contra os manifestantes, enquanto Jorge permanecia sentado diante de pilha de documentos, indiferente ao chefe que invadiu sua sala junto com a secretária para terem uma visão privilegiada da manifestação que ocorria na praça da Assembleia. Jorge pausava o trabalho com frequência para olhar no relógio, com medo de perder o encontro com Olívia, até que por fim assinou o último processo.

Odiava Leonardo com todas as forças que uma pessoa pode ter. Leonardo sempre fora "o cara" mais esperto desde a época de faculdade e sempre se dava bem, até com as garotas. Ele considerava Olívia um troféu, transava com ela pelo simples fato de que ela era a mulher do chefe. No fundo ela era uma idiota mimada, carente de um homem de verdade e herdeira única do patrimônio de dois desembargadores. Sabia que o casamento de Leonardo não ia bem. Assim que Olívia largasse do marido, iria se unir a ela e garantir seu futuro, pois a mimada sequer sabia estacionar o carro e administrar a o próprio patrimônio. Seria o golpe perfeito!

Jorge levantou-se da escrivaninha e aproximou de Leonardo e Eliza que estavam debruçados no parapeito, como se assistissem a uma estreia de cinema, só que sem pipoca.

— Chefe, já terminei de revisar e assinar os processos. Preciso ir pois marquei o almoço com minha esposa e ela já me mandou várias mensagens.

Leonardo olhou para Jorge, preocupado com a movimentação da praça da Assembleia.

— Você já está liberado. Só não sei se vai conseguir chegar em seu destino... Dá uma olhada na manifestação lá embaixo.

Jorge aproximou-se do parapeito. Teve vontade de empurrar Leonardo e Eliza para que caíssem do 9º andar e se espatifassem em mil pedaços, só que tinha testemunhas no escritório e poucos iriam acreditar na versão de suicídio. Viu que a movimentação era próxima a praça da Assembleia, mas não se preocupou, pois a escola localizava-se na direção oposta. Lá encontraria com Olívia e partiriam para o motel.

— Vou arriscar. Caso eu atrase para voltar à tarde você já sabe a razão — respondeu Jorge caminhando a passos largos em direção a porta.

Leonardo percebeu que parecia que algo incomodava Jorge, pois havia saído sem se despedir.

— Estranho não é, Eliza? Tenho achado Jorge meio diferente nos últimos dias.

Eliza olhou para o patrão, indiferente aos gritos de protestos oriundos da manifestação.

— De fato Leonardo, o Jorge anda muito esquisito. Além do mau humor, tem usado as folgas para sair a tarde, trabalha de mau humor e nos últimos meses vem se vestindo muito bem, sem contar que anda abusando dos perfumes e isso, nós mulheres, percebemos com muita facilidade.

Leonardo riu. Olhou para Eliza ainda prestando atenção na agitação da praça.

— Pois é, Eliza. Também percebi que ele mudou até o comportamento. Aliás, parece que ele tem trabalhado por obrigação e pelo menos três vezes por semana vem dando um jeitinho de sair mais cedo. Não conheço a família dele, mas pelo visto devem estar em crise, pois ninguém sai às pressas para almoçar com a esposa. Isso está cheirando rabo de saia.

— Você tem razão, Leonardo. Só espero que ele saiba o que está fazendo...

Continuaram a observar a ação da polícia contra os manifestantes, até que Leonardo foi surpreendido pelo toque do celular.

Retirou o aparelho do bolso e viu que era uma ligação do colégio de Fernando.

"O que será que será desta vez?", pensou ainda observando a manifestação.

— Alô?

— Senhor Leonardo, aqui quem fala é Mirela. Sou coordenadora de série do colégio Edmond Dantés, e estou ligando para pedir que, assim que possível, venha buscar seu filho Fernando. Está tudo bem, só que ele passou mal após o término da prova. Tentamos ligar para sua esposa, mas o celular dela só dá fora de área e em sua casa ninguém atende.

— O que houve com o Fernando? Ele está bem?

— Sim, está tudo bem. Ele queixou dor de cabeça e vomitou uma vez. Ele está aqui na enfermaria do colégio.

— Estou indo até aí.

— Tudo bem. Estaremos lhe aguardando.

Leonardo olhou para Eliza enquanto colocava o celular no bolso e retirava a chave do carro.

— Vou ter que me ausentar. Ligaram da escola dizendo que Fernando está passando mal. Terei que buscá-lo. Por favor, reagende meus clientes de hoje à tarde.

— Fique tranquilo, Fernando. Pode ir cuidar de seu filho — respondeu Eliza. — O que aconteceu com ele? — perguntou preocupada.

— Deve ser uma virose... Tenho que ir — respondeu Leonardo, que a passos largos seguiu em direção do elevador.

Em poucos minutos já estava no carro a caminho do colégio.

— Será que Olívia saiu e mais uma vez e acabou a bateria do celular? Custo a acreditar que ela ainda esteja dormindo — indagava a si mesmo.

Uma sensação de alívio o dominou ao dirigir em direção oposta da manifestação que acontecia na praça da Assembleia. Não demorou para que começasse a percorrer a avenida Raja Gabaglia no sentido BH Shopping. Após vinte minutos aproximou-se da escola Edmond Dantés e, sabendo que era difícil encontrar vagas nas proximidades, preferiu estacionar dois quarteirões antes da escola, o que também o pouparia dos petulantes e ameaçadores flanelinhas.

Caminhou cabisbaixo em direção a escola pensando na esposa que há mais de um mês o tratava como um cachorro, sem contar das noites que dormia no quarto de visitas. A frieza da esposa, as poucas palavras, o olhar indiferente o magoava. Parou de caminhar por alguns instantes.

Retirou o celular do bolso e acessou o circuito fechado de segurança por meio do aplicativo em seu celular, de lá viu a pintura que havia arrematado colocada no corredor que dava acesso aos quartos.

— Maldição! — falou sem se importar com a pessoas que caminhavam pela calçada, fazendo com que algumas desviassem e outras o olhassem com rabo de olho, com medo de que fosse mais um louco transeunte das movimentadas calçadas da capital mineira.

Leonardo sabia que Olívia havia recebido o quadro, o poema e as flores. Ela sequer teve a dignidade de retornar à ligação para dizer um simples obrigado. Ao menos o retrato estava onde queria.

Continuou caminhando em direção a escola, até que viu o Porsche branco de Olívia estacionando em frente à escola. Apertou o passo ao encontro da esposa para ver se havia surtido efeito os mimos que enviou pela manhã. Foi então que viu outro homem se aproximar de Olívia, abraçá-la, seguido de um longo beijo na boca.

Leonardo ficou paralisado. As pernas enfraqueceram e a voz não saia enquanto sentia um nó no estômago resultado de uma mistura amarga de ódio, humilhação e tristeza. Para piorar, quando o amante se virou pode reconhecê-lo imediatamente. Era Jorge, seu funcionário. Realmente Eliza estava certa. Era um rabo de saia, só que não conseguia imaginar que a amante era a própria esposa.

— Se eu tivesse uma arma eu matava esses filhos da puta! — repetia para si mesmo enquanto com cuidado se escondia atrás de uma árvore.
— Calma, Leonardo... Pense com a razão e não com o coração. Essa piranha não lhe merece. Você é inteligente e saberá lidar com isso.

Olívia seguiu até o carro de Jorge, que em poucos minutos tomavam a avenida principal em direção ao bairro São Bento, e de lá provavelmente para a avenida Raja Gabaglia, sentido Rio de Janeiro à procura de algum motel.

Leonardo sentou-se na sarjeta da calçada e começou a chorar, indiferente as pessoas que passavam e observavam um desconhecido vivendo um dia ruim. Ficou alheio ao medo. Estava preso no próprio sofrimento, até o que o toque do celular o tirou por alguns segundos do mundo de desespero.

Retirou-o do bolso e viu que era da escola. Havia se esquecido por completo de Fernando, a principal razão pela qual estava ali. Levantou-se, enxugou as lágrimas com o canto da manga do paletó. Sempre lutara para preservar a família. Havia sido fiel à Olívia Helena desde o casamento. Era inadmissível a traição, mas tinha os filhos.

Pensou em reunir provas da traição, da irresponsabilidade da esposa por não ter socorrido o filho na escola no dia que estava doente.

"Calma, Leonardo, não seja precipitado, pense", aconselhou a si mesmo.

Entrou em um pequeno shopping que ficava a meia quadra da escola. Lavou o rosto, melhorou a aparência. Os filhos não precisavam saber da traição, bastava saberem que o casamento dos pais não ia bem. Pensou na pequena Melissa e como ela reagiria a uma separação, Fernando já tinha idade mais do que suficiente para compreender. Se recompôs e seguiu esbarrando com pessoas pela calçada enquanto caminhava em direção a escola.

— Olívia, o jogo está apenas começando, e quanto a você Jorge, vocês irão se arrepender de terem nascidos — afirmou para si mesmo com toda a raiva e mágoa que o coração de um homem traído é capaz de armazenar.

A outra face do casamento

◇◇◇

Leonardo saiu do consultório médico, com Fernando, quando o telefone começou a tocar. Retirou o aparelho do bolso. Era Olívia.

— Filho, atende que é a sua mãe — disse enquanto entregando o celular Fernando.

Já havia desativado o *Bluetooth* do celular, para não ter que atender o telefone usando o viva voz do carro. Não era o momento oportuno para falar com a vagabunda. O tempo de espera no consultório médico, serviu para que refletisse sobre a traição e principalmente sobre como iria agir.

Ao ouvir a conversa de Fernando com a mãe pode perceber que Olívia parecia estar preocupada por ter chegado na escola e não ter encontrado o filho, ou pior, ter descoberto que o marido havia passado pela escola mais cedo, bem no horário que ela estava com o amante.

A pálida face do filho foi substituída pelo rubor febril. Havia tomado uma injeção no consultório médico para baixar a febre e cessar o vômito. Segundo o médico tratava-se de uma virose, comum na época de calor. A fala estava arrastada, provavelmente efeito adverso de sedação provocado pela medicação, conforme o médico havia lhe orientado.

— Pai, minha mãe quer falar com você — disse Fernando entregando o telefone para Leonardo, que se recusou a pegá-lo.

"De fato, Olívia devia estar preocupada", pensou Leonardo.

— Diz para sua mãe que agora estou dirigindo. Quando chegar em casa, conversamos.

Fernando, seguiu a orientação do pai e desligou o telefone.

Leonardo olhou para o filho.

— Filho, você está melhor?

Fernando ajeitou os cabelos pretos e lisos que quase lhe tapava os olhos castanhos.

— Está tudo bem, pai — respondeu com a voz desafinada, típica dos pré-adolescentes. — Quem parece que não estar bem é você.

Leonardo continuou atento ao trânsito, respondeu com um sorriso pálido para Fernando.

— Filho, com que frequência sua mãe tem ido te buscar na escola? — perguntou com intuito de mensurar a dimensão da traição e tentar desviar a atenção do filho sobre a realidade dos fatos.

— Pelo menos três vezes por semana. Acho estranho, pois temos o escolar que nos busca. Por outro lado, estou achando bom por chegar mais cedo em casa e não ter que ficar esperando a via sacra de passar de casa em casa deixando os outros estudantes — respondeu sem olhar para o pai enquanto jogava no celular.

Leonardo respirou fundo. Lembrou-se de Jorge que nos últimos meses tinha sempre uma desculpa para sair mais cedo, pelo menos três vezes por semana.

Continuou dirigindo enquanto milhares de ideias o perturbavam. Precisava agir com naturalidade, não podia levantar a menor suspeita de que sabia da traição. O momento de elaborar um plano para assegurar a guarda dos filhos havia chegado, e ao mesmo tempo precisava encontrar uma justificativa para sair de casa e esfriar a cabeça.

Pela primeira vez voltar para a casa se transformava em um martírio, e o pior seria ter que encarar a esposa. Todo o encanto que sentia por Olívia havia se despedaçado. O respeito que sentia pela esposa se tornou insignificante. Talvez uma prostituta do alto da Afonso Pena tivesse mais valor. Olívia tornara-se o ser mais desprezível que havia conhecido.

Minutos depois, estacionava o carro na garagem. Antes de sair do carro, Leonardo viu a imagem da esposa surgir através da porta. Tentou se controlar o ódio que sentia por ela. Parecia que havia uma fera indomável, praticamente impossível contê-la dentro de si mesmo. Queria partir para cima da vagabunda, mas se refreou.

Ela aproximou-se do carro e abriu a porta para Leonardo.

— Querido, o que aconteceu com Fernando? — questionou com o olhar aflito.

Leonardo respirou fundo, tentando resgatar a calma dos locais mais distantes da própria mente.

— A escola me ligou. Disse que ele estava passando mal e tive que buscá-lo. Já o levei ao médico, parece que é só uma virose e ele já foi medicado.

Olívia deu a volta e foi em direção ao filho.

— Fernando, você está bem, meu querido?

— Sim, mãe. Está tudo bem. Tomei uma injeção para parar de vomitar, mas agora estou melhor. Só preciso me deitar e descansar um pouco.

Leonardo deu a volta no carro. Seguiu em direção ao filho e pegou a pesada mochila escolar.

— Venha, filho. Vou lhe acompanhar até o quarto — disse para Fernando ignorando a presença da esposa.

Olívia olhou para o marido, percebeu que ele estava diferente, calado. Algo no trabalho poderia tê-lo aborrecido, porém preocupava-se por saber que o marido havia ido até escola, onde ela havia se encontrado com o amante antes de irem para o motel.

"Deixe de ser idiota, Olívia", pensou com as mãos trêmulas. "Ele nem imagina que você estava com Jorge. Se desconfiasse já o teria demitido e dado o maior escândalo."

Leonardo seguiu até o quarto de Fernando sem deixar de admirar a linda pintura que havia adquirido. A bela tela, que antes era uma paixão, fora colocada a segundo plano após descobrir a traição da esposa. Já havia decidido: uma viajem seria a melhor opção e o ajudaria a colocar a cabeça no lugar.

Fernando deitou-se e em minutos adormeceu, enquanto Leonardo, sentado na beira da cama, levantou-se com cuidado para não acordar o filho. Viu que Olívia apareceu na porta e ao perceber que o filho estava dormindo, apenas gesticulou para Leonardo informando que o almoço estava servido. O marido consentiu com cabeça enquanto cobria Fernando, e sem fazer barulho saiu do quarto do filho indo em direção ao quarto de Melissa.

Ao entrar no quarto da filha destacava-se o quadro da Sininho, colocado em uma das paredes rosadas. A filha desenhava na escrivaninha ao invés de jogar no computador.

— Oi, princesa! O que você está desenhando?

Melissa parecia não notar a presença do pai como se estivesse hipnotizada. Havia rabiscado algumas manchas pretas salpicadas de pontos e traços vermelhos. Mr. Rudolf, o coelho de pelúcia de estimação, estava no colo de Melissa.

— Filha! Papai te fez uma pergunta...

Melissa olhou para Fernando, enquanto ajeitava os longos cabelos pretos que cobriam o rosto pálido.

— Pai, se eu te contar um segredo, você jura que não vai contar para ninguém? Nem para mamãe?

Leonardo riu. Ao menos a filha era capaz de acalentar a dor que o angustiava.

— Claro, filha! Eu prometo.

Melissa continuou desenhando, abusando do tom de vermelho.

— Prometer não vale, papai. Você tem que jurar, juradinho, de verdade!

Leonardo aproximou-se da filha, ficando de cócoras ao lado dela, igualando-se em altura.

— Está bem, eu juro. Agora me conta o segredo!

Melissa parou de desenhar, olhou a porta aberta com medo de que a privacidade estivesse comprometida.

— Então fecha a porta do quarto — disse Melissa.

Leonardo levantou-se e seguiu até a porta e a fechou, voltando a seguir e ficando mais uma vez de cócoras ao lado da filha.

— Pai, a moça bonita do quadro está me ensinando a desenhar. Ela disse que está presa lá naquela pintura que você comprou e que precisa sair. Ela falou que eu posso ajudá-la.

Leonardo riu da imaginação da filha. O quadro era belo demais e com certeza havia mexido com a imaginação de Melissa. Pegou a folha para ver o desenho que a filha havia rabiscado.

— É isso que ela está lhe ajudando a desenhar? — perguntou olhado para a mancha esboçada no pedaço de papel.

Melissa ficou calada, enquanto olhava para o pai com a expressão de tristeza.

— Pai, ela me disse que uma pessoa de que você não gosta vai morrer hoje de acidente de carro, e que daqui a pouco vão te ligar. Ela está atrás de você.

Leonardo sentiu um calafrio. Olhou para trás, mas não havia nada no quarto, além das paredes rosadas e a porta branca que havia fechado.

— Esse aqui é o desenho do acidente.

Leonardo pegou o papel e olhou com atenção. De fato, concentrando-se nos detalhes, parecia que havia uma pessoa morta dentro de um carro amassado. A cabeça havia sido arrancada, havia sangue por todo lado.

— Filha, já cansei de pedir para você parar de assistir filme de terror com seu irmão. Depois você fica fazendo esses desenhos. Princesas desenham castelos, flores e fadas; não pessoas com a cabeça arrancada.

Melissa encolheu os ombros e voltou a desenhar.

"Crianças...", pensou enquanto saia do quarto de Melissa caminhando em direção a cozinha. Passou novamente pelo corredor, conferiu as câmeras que vigiavam a bela tela que havia comprado. Olívia sequer o havia agradecido pelo quadro, pelo poema e pelas flores. Ainda que o fizesse, já era tarde. Os sinais da traição revelavam-se por si só, onde até um cego era capaz de perceber.

"Eu sou um completo idiota...", pensou. "Essa vagabunda não vai ficar com minha pintura. Preciso dar um tempo e colocar minha cabeça no lugar antes que eu faça alguma merda."

Ao chegar na copa o almoço estava servido com todo o requinte que Olívia exigia. Ela estava sentada na mesa aguardando o marido para almoçarem juntos.

Leonardo percebeu que a esposa estava estranha. Por trás do rosto de uma refinada meretriz, se olhasse com mais profundidade talvez pudesse encontrar alguma ponta de arrependimento. Colocou a carteira e o celular sobre o aparador, enquanto os olhos corriam a uma tela da Santa Ceia.

"Senhor, me dê forças!", pensou enquanto olhava para a imagem do Salvador.

Puxou a cadeira e se sentou.

— Querido, está tudo bem? — perguntou a esposa ao perceber que o marido estava distante.

Leonardo ficou calado. Com o garfo encheu o prato com salada, o que era raro fazer.

— Leonardo, lhe fiz uma pergunta! A propósito amei o quadro e o bilhete que me enviou.

— Ah, que bom que gostou — respondeu enquanto mexia as folhas de alface de um lado a outro. — A propósito, Melissa já almoçou? — perguntou enquanto tentava fugir do assunto tentando camuflar a impressão de que não estava bem.

"Controle-se! Ela não pode perceber", ordenou a si mesmo em silêncio.

Olívia serviu-se com o purê de batatas e o filé ao molho madeira.

— Melissa foi a primeira a almoçar. Você sabe como ela é, assim que chegou já almoçou e foi para o quarto brincar no computador.

— Que bom. Desculpa por meu silêncio, é que não estou bem. Apenas preocupado com a saúde de Fernando. Odeio quando meus filhos fiquem doentes — respondeu enquanto relutava para mastigar a folha de alface.

— Você tem certeza de que só vai comer isso? O filé está maravilhoso! Estava morrendo de fome — disse Olívia enquanto se servia com uma generosa porção de purê de batatas.

"Não é à toa que você está morrendo de fome, sua puta. Transou a manhã inteira!", pensou Leonardo enquanto sentia o coração disparar pelo ódio.

— Olívia, só vou esperar Fernando melhorar e terei que viajar a trabalho. Vou ficar uma semana fora. Estamos com um cliente importante que não podemos perder. Ele quer se reunir o mais breve possível.

A esposa percebeu que algo estava errado. Leonardo sempre evitava as viagens e mandava Jorge pra representá-lo.

— Viajar? Você odeia ter que sair para viajar. Por que não manda o Jorge como sempre fez?

O marido respirou fundo enquanto colocava os talheres de lado, desistindo do almoço.

"Até que seria uma boa opção, ainda mais se eu tivesse a certeza de que o avião iria cair com ele...", pensou, com um falso sorriso no rosto.

— O Jorge tem trabalho demais no escritório. Esse cliente é especial e não posso enviar alguém inexperiente ou sem capacidade para reconhecer e ser perspicaz na hora de fechar um bom negócio. Prefiro deixá-lo com o básico, além de que ele tem esposa e filhos. Seria sacanagem de minha parte afastá-lo da família — disse Leonardo com ironia.

Olívia engoliu a seco a comida enquanto Leonardo observava que a esposa havia ficado sem jeito. Até que conversa foi interrompida pelo toque do celular de Leonardo.

— Uai, quem será? — perguntou-se enquanto se virava na cadeira e esticava o braço em direção ao aparador para pegar o celular.

A esposa franziu a testa.

— Tem certeza de que vai atender o celular bem no meio do almoço?

Leonardo olhou para o *display*, viu que era Eliza ligando do escritório.

— Me perdoe, mas é do escritório. Eliza jamais ligaria se não fosse algo de importante.

— Querido, deixe o telefone de lado. Estou pensando em deixar você dormir na minha cama hoje — insinuou Olívia com seu olhar sedutor.

Leonardo parecia não ouvir as palavras da esposa. Elas tornaram-se vazias, já que Olívia havia perdido todo seu valor.

— Alô, Eliza? Está tudo bem? Você nunca me liga nesse horário.

Olívia continuou almoçando. Percebeu que Leonardo ficou calado por alguns minutos enquanto ouvia Eliza.

— O quê? Você só pode estar de brincadeira! Meu Deus! — falou Leonardo ao telefone, que após um breve silêncio desligou com as mãos trêmulas.

— O que foi amor, parece que viu um fantasma! — exclamou Olívia sorridente, enquanto secava o canto da boca com um guardanapo.

Leonardo olhou para esposa. Fora tomado por uma sensação de alívio, por outro lado, a justiça, de forma rápida, parecia seguir seu curso natural.

— Você não vai acreditar. Vou ter que voltar para o escritório — respondeu Leonardo se levantando às pressas, andando atordoado de um lado a outro, sem rumo

— Não acredito que você vai me deixar almoçar sozinha aqui na mesa. Você ouviu o que falei? Que hoje à noite você poderá dormir no meu quarto! É isso que me incomoda. Parece que você vive no mundo da lua.

Leonardo pegou a carteira e o celular. Debruçou na mesa e olhou bem nos olhos da esposa.

— Olívia, Eliza me ligou dizendo que ocorreu um terrível acidente com Jorge. Ele estava indo para casa e perdeu o controle do carro e bateu na traseira de um caminhão.

— Como assim? — perguntou Olívia deixando o almoço de lado.

Leonardo respirou fundo. Nunca a justiça se fora tão rápida e eficiente.

— Jorge está morto. Foi esmagado em meio a ferragem do carro que estava dirigindo. O acidente foi terrível, pois ele teve a cabeça decepada.

Olívia ficou calada. Parecia que a esposa havia visto um fantasma enquanto prendia o choro para não parecer estranho na frente do marido.

— Meu Deus! — gaguejou Olívia enquanto os olhos ficaram marejados.

— Vou ficar sabendo mais detalhes com Eliza, no escritório— falou Leonardo despedindo-se às pressas. Seguiu para a garagem e entrou no carro.

Pela primeira vez uma notícia de óbito lhe trazia conforto, a mesma sensação do alívio de um apêndice inflamado depois de operado.

— Essa vagabunda teve o que merecia. Bem-feito! — murmurou enquanto retirava o carro da garagem.

Lembrou-se do desenho de Melissa. Pisou no freio chegando a parar.

"Como é que Melissa sabia?", pensou até que olhou para o relógio. Viu que passara da hora de voltar para o trabalho, sem contar que havia saído mais cedo. Precisaria finalizar os processos que Jorge deixará para trás, que estavam com as datas quase que ultrapassadas, além da formalidade que teria que cumprir com a família do falecido.

Assim que Leonardo saiu, Olívia correu para o quarto. Deitou-se na cama de casal, abraçou os travesseiros e começou a chorar com intensidade, mas tomando cuidado para não acordar Fernando bem como não chamar a atenção de Melissa e da diarista. Sentiu náuseas, mas conseguiu contê-la.

Lembrou-se da manhã ardente e calorosa que havia tido com Jorge na cama do motel, das juras de amor e dos afagos. Ele sempre dizia que estava se separando da esposa e que iriam viver intensamente os momentos que havia perdido. Acreditavam que haviam sido feitos um para o outro, só que o romance havia chegado ao fim da pior maneira que se podia imaginar. Divorciar-se de Leonardo, implicaria em ficar verdadeiramente sozinha.

Leonardo e os filhos eram tudo que lhe restara e teria que ser forte para não demonstrar para o marido o amor que sentia por Jorge.

Foi então que o choro teve que ser contido ao ouvir batidas na porta.

— Quem é? — gritou a voz rouca, enquanto às pressas secava os olhos vermelhos. Por sorte não estavam inchados.

— Sou eu, mamãe! — respondeu Melissa.

Olívia caminhou em direção a banheiro. Lavou o rosto o quanto antes.

— Já vou, filha. Espera só um pouquinho! — falou enquanto secava o rosto e corria até a porta para destrancá-la.

Melissa entrou no quarto carregando uma boneca de pano, dessas bonecas desproporcionais, com a cabeça dez vezes maior do que os pés.

— O que foi filha? Você se cansou de jogar? — perguntou Olívia, enquanto admirava o jeito amável de Melissa, que por um breve momento trazia um alívio para dor que sentia da perda de Jorge.

Melissa ficou parada diante da mãe, observava Olívia de uma forma estranha.

"Minha mãe é tão bela e tão parecida com a moça do quadro", pensava.

— Só quero ficar pertinho de você. Sei que está triste — respondeu Melissa aproximando-se de Olívia enquanto abraçava com ternura as pernas da mãe.

Olívia deu um passo para trás. "Como é que ela sabe que eu estou triste?", pensou. "Será que ela ouviu a conversa que tive com Leonardo na cozinha?"

— Filha, por que você está dizendo que estou triste?

Melissa largou as pernas da mãe, tirou os sapatos e subiu na cama desarrumada e começou a pular no colchão, enquanto Olívia aguardava pela resposta.

— Porque eu sei! Porque eu sei! Porque eu sei! — respondeu Melissa enquanto sincronizava as respostas repetidas com os saltos que dava no colchão.

— Pare de pular na cama! — gritou Olívia com fúria empurrando Melissa contra o colchão. Queria colocar para fora a tristeza e descarregar em alguém a dor da perda de Jorge.

Melissa começou a chorar. Apenas ela sabia que a mulher que lhe ajudava a desenhar havia lhe pedido para fosse se despedir da mãe. A mulher bonita, que tinha doçura no olhar, que a abraçava e juntas brincavam de boneca. A linda mulher que acabara de conhecer e que dizia que morava no quadro. A mulher, que em apenas um dia ganhara o coração de Melissa, diferente de Olívia, que teve todo tempo do mundo para fazê-lo e não o fez.

Melissa saiu do quarto cabisbaixa, enxugando as lágrimas dos olhos.

— Você é boba! Eu tenho uma amiga melhor do que você. Eu te odeio! — disse Melissa aos soluços.

Correu para o quarto de paredes rosadas com certeza de que a linda mulher e sua melhor amiga estaria lá. Ao entrar no quarto, Melissa fechou a porta.

Diante dela estava a amiga de pele branca e olhos azuis. Usava um longo vestido azul claro. Ela abriu os braços e Melissa correu até ela.

— Não lhe disse, Melissa? Sua mãe não sabe amar. Vamos voltar aos desenhos.

Melissa secou os olhos e abraçou com toda a força a nova amiga que havia encontrado. Já não se importava com a mãe, que por uma vida sempre esteve ausente.

No quarto de Olívia, caída no chão estava a boneca de pano de Melissa, com a cabeça desproporcional que olhava para Olívia. Um olhar frio e falso, iguais as emoções que Olívia demonstrava pela filha.

Momento de desespero

◇◇◇

Na casa de Leonardo, um antigo relógio marcava 23h51min enquanto todos dormiam. Arrebatado por um dia torpe, misturado entre livros, uma velha escrivaninha e um aspirador de pó que a diarista havia deixado no quarto de visitas, Leonardo dormia no quarto de hospedes na cama de casal, enrolado no cobertor como se fosse uma serpente, ao lado de Fernando que preferiu ir dormir com o pai, com medo de passar mal.

Já Olívia, entristecida pelo sentimento de perda do amante, estava deitada ao lado de dois frascos de clonazepam. Naquela noite havia excedido na dosagem habitual e dobrou as gotas por conta do sofrimento confinado ao coração. Mesmo com o dobro da dosagem, virava de um lado a outro na cama. Havia pedido para Leonardo ir dormir com ela naquela noite. O marido era a opção que restava, mas Leonardo estava diferente. Talvez chocado com a perda de Jorge, ou magoado pelas diversas noites que teve que dormir no quarto de visitas. Uma verdade onipotente pairava em seus pensamentos enquanto virava de um lado a outro na cama a procura de uma posição confortável que parecia não existir. Recordou-se da segurança que sentia quando dormia abraçado com o marido; antes de conhecer Jorge.

"Eu não posso perder Leonardo", repetia a si mesma, assombrada pela carência e sufocada pelo desejo do toque masculino, de alguém que a amasse como uma mulher. "Como fui idiota... Por que fui traí-lo? Por que eu fiz isso?", questionava-se no silêncio da noite, açoitada pelos próprios pensamentos de arrependimento que cada vez pareciam doer mais.

Entre as duas paredes do longo corredor repleto de câmeras de segurança a porta do quarto de Melissa se abriu bem devagar. As câmeras que eram acionadas por detector de movimento se ativaram. Pela porta do quarto, usando uma camisola longa e colorida, saiu Melissa, caminhando de olhos fechados, arrastando pelas orelhas o Mr. Rudolf, o coelho de pelúcia favorito.

Melissa caminhou pelo corredor em direção à pintura. Parou a alguns metros de distância até que a bela mulher saiu de dentro da tela e flutuou em direção a Melissa estendendo-lhe as mãos.

A pequena e sonâmbula Melissa, com uma camisola colorida, caminhou inconsciente em direção a tela até que começou a flutuar e foi engolida pela pintura junto com a bela mulher de vestidos longos que a segurava pelas mãos, seguido pelo grito de susto de Melissa, que se misturava ao som do relógio cuco que anunciava meia noite e o início de um novo dia.

Leonardo deu um pulo na cama após ouvir o grito de Melissa e Olívia fez o mesmo, pois estava sem sono e os pensamentos ainda aprisionados no falecido amante. Ambos abriram as portas quase que respectivamente dos quartos, que davam para o corredor.

— Você ouviu esse grito, Olívia? A voz era de Melissa! — disse Leonardo com os olhos arregalados e saiu em disparada em direção ao quarto da filha.

Olívia ficou encostada na porta. Os reflexos estavam lentos. Custava a entender o que estava acontecendo. O remédio parecia estar fazendo efeito.

Leonardo entrou no quarto de Melissa e acendeu a luz. Olhou para a cama e estava vazia. Apenas as cobertas sobre o lençol amarrotado.

— Melissa! Cadê você, minha filha? — gritou desesperado. Saiu do quarto e acendeu a luz do corredor.

Encontrou Mr. Rudolf caído no chão, logo abaixo da preciosa tela. O coração disparou. Ao olhar para a pintura, deu um salto para trás, assustado.

No retrato que havia adquirido, o buquê de rosas brancas havia desaparecido. A tela mostrava a bela mulher loira, com olhos azuis, usando o vestido azul de decote em "v". Em pé, ao lado dela, havia surgido de forma inexplicável a imagem de Melissa, usando a camisola colorida. O retrato era de um realismo indescritível e nele Melissa tinha um olhar vago e sereno.

— Isso não pode estar acontecendo! — gritou Leonardo desesperado ao ver a imagem da filha como se estive aprisionada na pintura.

Fernando acordou com os gritos do pai e correu em direção a ele.

— Pai, o que está acontecendo? — perguntou com os olhos arregalados.

Leonardo respirou fundo. Precisava se controlar, aquilo só poderia ser uma brincadeira de mal gosto ou um pesadelo. Se fosse um pesadelo, queria acordar.

Começou a andar pela casa, procurando Melissa. Olívia continuava parada. Parecia um camundongo hipnotizado diante do ataque de uma víbora.

— Sua irmã desapareceu, Fernando. Me ajude a procurá-la! — disse Leonardo, enquanto voltava para o quarto da filha e examinava até dentro do guarda-roupa.

— Isso não pode estar acontecendo. Parece um pesadelo... —repetia Leonardo a si mesmo enquanto as lágrimas escorriam lhe pela face.

— Melissa! Cadê você, minha filha? Por favor, se estiver escondida saiba que já é tarde da noite e você precisa dormir — gritava enquanto procurava pelos lugares mais improváveis.

Fernando após revirar a casa toda, voltou para o quarto da irmã.

— Pai, já olhei por toda a casa e não achei ela. O que está acontecendo? Vi que alguém trocou os quadros e colocou outro no lugar com o retrato de Melissa com a pintura daquela mulher.

Olívia aproximou-se tropeçando nos próprios pés.

— O que está acontecendo, Leonardo? Você pode me explicar? Onde está Melissa? — perguntou com a voz arrastada.

— Você ainda não entendeu? Deveria prestar atenção ao invés de encher a cara de remédios! Melissa desapareceu! — gritou Leonardo correndo para o quarto de visitas para pegar o celular.

Olívia recostou-se na parede ao lado do quadro e escorregou lentamente até ficar sentada no chão, enquanto caía em prantos. Enfim, surgia uma oportunidade para desabafar a tristeza da perda de Jorge...

Fernando continuou a procurar pela casa. Todas a luzes estavam acesas e quem passasse por ali poderia ouvir a voz de Fernando continuamente chamando pela irmã.

Leonardo pegou o celular e ligou para a polícia. Em poucos minutos a voz feminina de uma policial atendeu a ligação.

— Polícia, boa noite, em que poço ajudar?

— Minha filha acabou de ser sequestrada! — disse Leonardo, angustiado. As mãos trêmulas mal conseguiam segurar o telefone. Queria continuar a procurar pela casa, enquanto pensava de forma repetida se existia a possibilidade de ter se esquecido de olhar em algum cômodo. "No carro, talvez no carro! Eu não olhei nos carros", pensou até que novamente a voz adocicada da policial o trouxe a luz da razão.

— O senhor poderia me fornecer seu endereço, por gentileza? — destacou-se a voz da policial em meio aos ruídos da ligação.

Fernando entrou no quarto e percebeu que o pai estava telefonando para a polícia. Leonardo olhou para o filho, com os olhos esperançosos. A ilusão durou por alguns segundos, quando viu Fernando movimentar a cabeça de um lado ao outro em negativa, até que ouviu a voz da policial....

— Alô? O senhor poderia por gentileza me confirmar o endereço... — repetiu a policial com a voz ríspida.

— Sim, é claro! — respondeu Leonardo. — Sim — repetiu Leonardo confirmando o endereço a policial até que viu Olívia entrar no quarto de visitas. Ela vagava de um lado a outro, como uma zumbi.

— O senhor poderia me descrever os bandidos ou o veículo que eles estavam usando? — perguntou a policial.

— Eu não... Eu não vi... — gaguejou ao telefone. — Só sei que minha filha desapareceu.

A policial, ainda que estivesse do outro lado do telefone, percebeu que o pai estava aflito.

— Obrigada. É só aguardar que estamos encaminhando uma viatura até a sua casa. Agradecemos por sua ligação.

Após dez minutos, que pareciam uma eternidade, ouviu-se o toque do interfone. Olívia deitou-se na cama do quarto de visitas, ainda dopada pelas gotas do remédio para dormir. Leonardo olhou para o vídeo-porteiro e identificou dois homens parados diante do portão, e ao fundo a imagem da viatura da polícia com as luzes que oscilavam indo do azul ao vermelho intenso.

— Podem entrar — disse destravando o portão eletrônico.

Leonardo foi em direção a porta da sala, e fez sinal para que Fernando ficasse com a mãe.

As luzes da sala já estavam acesas. Ao destravar a porta, dois policiais se identificaram. Um era gordo, calvo e com um bigode estilo Adolf Hitler; já o outro era longilíneo, cabelo curto e pele morena e não parava de coçar o nariz já vermelho, acometido por uma provável rinite.

— Boa noite, sou o Sargento Tavares — disse o policial gordo estendendo as mãos.

— E eu sou o Cabo Sodré — emendou o outro policial.

Leonardo angustiado pelo desaparecimento da filha, cumprimentou os policiais.

— Por favor, entrem! — exclamou Leonardo enquanto apontava em direção ao sofá. — Sentem-se.

Os policiais olharam para a sala, repleta de objetos antigos. Tinham a sensação de que estavam em um museu. Se sentaram em um sofá Luís XV, sem imaginar o valor. Para eles não passava de mais uma decoração de um cara fresco.

— O que aconteceu? — perguntou o sargento Tavares enquanto abria os braços e os repousava sobre o encosto do sofá.

— Minha filha, Melissa, de sete anos desapareceu. Estávamos dormindo e acordamos com um grito. Corremos em direção ao quarto de minha filha e ela havia desaparecido. Já reviramos a casa e não a encontramos. Tenho certeza de que a sequestraram.

Antes que Leonardo terminasse a frase, o Cabo Sodré retirou a caneta do bolso.

— E como o senhor "tem certeza" de que ela foi sequestrada? — perguntou Sodré, enquanto gesticulava com os dedos o sinal de aspas para enfatizar as palavras *tem certeza*.

— Por duas razões: a primeira é que ela desapareceu no meio da noite dentro de minha casa; a segunda é que eu comprei um valioso retrato. Só que esta tela sumiu e os bandidos devem ter colocado outra pintura no local, e nessa nova tela tem o retrato de minha filha.

— Senhor, Leonardo. Assim que cheguei na sua casa, observei que o senhor tem um excelente sistema de alarmes, que inclui câmeras, e acredito eu, que estejam espalhadas pela casa toda. Só aqui na sala já avistei duas — afirmou Tavares apontando com o dedo para o teto em direção as câmeras de segurança.

— Meu Deus! Como é que eu não pensei nisso! — disse Leonardo para si mesmo, enquanto olhava sem graça para os dois policiais sentado no sofá.

— O Senhor tem razão. Nos desesperamos por minha filha ter sumido e me esqueci completamente do circuito de segurança aqui de casa. Me acompanhem, por favor. Vamos olhar as imagens das câmeras o quanto antes.

— Ô Sodré! Dá aí uma checada na casa só pra constar no BO — ordenou o sargento Tavares enquanto caminhava ao lado de Leonardo.

— Positivo, Sargento. Vou checar.

Leonardo e o Sargento Tavares foram até a sala de estar, onde em uma das paredes havia uma pequena porta trancada.

Leonardo pegou o molho de chaves que ficava na sala de estar e abriu a porta. Dentro do cômodo havia uma imensa bancada, repleta de monitores de luzes coloridas dos computadores que funcionavam continuamente além dos modens de conexão com a empresa de segurança.

Leonardo puxou dois pequenos bancos.

— Por favor, Sargento, queira sentar-se.

Tavares olhou para o frágil banco. Ficou com medo de que ele estourasse, pois sentar-se numa cadeira de plástico era igual a queda e constrangimento. Sentiu-se aliviado quando percebeu que o pequeno banco era de inox, apenas com uma pintura esmaltada de branco que imitava o plástico.

Leonardo tinha dois sistemas de segurança distintos. Um particular em que as câmeras eram conectadas em um computador, e outro na qual uma empresa de segurança fazia o monitoramento, incluindo câmeras de visão noturna.

Pegou um pedaço de papel que estava pregado em frente ao monitor e o telefone que ficava ao lado do monitor. Discou alguns números.

— Security System. Boa noite. Por gentileza, qual é a senha?

— Melissa04031973 — respondeu olhando para o pedaço de papel.

— Em que posso ajudá-lo, senhor Leonardo?

— Preciso que me envie as imagens de todas as câmeras de segurança daqui de casa das últimas duas horas.

— Um momento, por favor...

Leonardo olhou para o sargento Tavares que tentava identificar o tanto de aparelhos que estavam dispostos sobre a longa bancada.

— Pronto! — disse a voz da atendente. — As imagens já foram encaminhadas para seu computador. Agradecemos o contato. Algo mais em que posso ajudá-lo? — perguntou a atendente, jogando o código de segurança na possibilidade que Leonardo estivesse sendo forçado a pedir a gravação. Sabia que a resposta teria que ser qualquer palavra, menos o "Não".

— "Computador" — disse Leonardo.

— Obrigada e boa noite.

Leonardo olhou para o Sargento Tavares. Sentou-se em frente ao teclado de um dos monitores.

— Brilhante ideia, Sargento. De fato, na hora do desespero perdemos a capacidade raciocínio. Vamos descobrir o que aconteceu com minha filha — afirmou Leonardo enquanto digitava algumas palavras.

— Já estou acostumado. Quando a ocorrência envolve um familiar fica difícil de pensarmos. Quem está de fora tem uma visão privilegiada.

Ambos ficaram em silêncio, quando a imagem do circuito interno de segurança apareceu no monitor, que dividiu-se em 25 pequenos quadrados, representados pelas imagens das câmeras dispostas por toda casa. Somente a câmera do quarto de Melissa havia sinal de ter sido ativada.

Mais do que depressa, Leonardo clicou na gravação do quarto de Melissa. A imagem era nítida por causa do infravermelho. Nela mostrava Melissa levantando-se da cama, abraçada com Mr. Rudolf, caminhando em direção ao corredor.

Leonardo então ativou a gravação das câmeras do corredor. A imagem tinha interferência. Nela mostrava Melissa caminhando como se estivesse segurando a mão de alguma pessoa camuflada por um vulto luminescente e intenso. Caminharam em direção ao retrato localizado no final do corredor. De forma inexplicável, Melissa começou a flutuar desafiando a lei da gravidade, até ser engolida pelo retrato e desaparecer por completo.

Tavares olhou para Leonardo como se acabasse de ver um fantasma.

— Isso que acabei de ver não pode ser real — afirmou o Sargento gaguejando.

Leonardo sentiu o coração acelerar. Lembrou-se da verdadeira história que envolvia o retrato que havia arrematado no leilão. Recordou-se da pesquisa feita por James Stuart, o velho amigo, sobre a pintura ter sido feita por Camille Claire, uma bruxa e discípula de Leonardo da Vinci, que se revoltou após a morte do mestre, amaldiçoando o retrato e desaparecendo dias depois. Recordou-se também de que o rico empresário que havia comprado a pintura era casado com uma mulher que pertencia a um importante *coven* de bruxas.

— Isso não pode estar acontecendo — afirmou enquanto retrocedia o vídeo e o assistia diversas vezes, de diferentes ângulos, que mostrava a filha sendo engolida pela tela.

— Senhor, Leonardo. Vou fazer o boletim de ocorrência, relatando desaparecimento, que no caso por se tratar de uma criança, nos faz pensar em sequestro. Mas vendo as imagens dessa câmera de segurança, se eu fosse o senhor, eu juro que chamaria um padre ou um especialista em edição de vídeo para confirmar a veracidade destas imagens.

— Tem que haver algo de errado... A imagens da empresa de segurança e minhas imagens, são as mesmas... — afirmou, na esperança de o sargento Tavares pudesse estar atendo à detalhes que pudessem trazer Melissa de volta.

Tavares estava com os olhos arregalados. Assistia o vídeo, que ficava se repetindo. Chegou a fazer o sinal da cruz e a beijar o crucifixo de ouro que trazia no peito, até que foram interrompidos pela chegada do Cabo Sodré.

— Sargento, revirei a casa e não achei a menina — afirmou coçando o nariz.

— Senhor Leonardo, acho que terminamos por aqui — disse Sargento Tavares, entregando a Leonardo a o protocolo do boletim de ocorrência que acabara de preencher. — Por via das dúvidas, fiz o Boletim de Ocorrência como desaparecimento. Vamos passar o caso para a divisão antissequestro daqui de Belo Horizonte; mas confesso ao senhor, que pelo que pude ver nos vídeos de vigilância, caso não sejam uma montagem, isto está muito longe de ser solucionado pela polícia comum. Lamentamos pelo ocorrido e trabalharemos para encontrarmos sua filha.

— O que aconteceu, Sargento? — perguntou Sodré, com nariz vermelho de tanto coçar.

— No caminho te conto, Sodré. Tenha boa noite, senhor Leonardo.

Leonardo acompanhou os policiais até a saída. Eles haviam procurado por Melissa em toda a casa. Caminhou até o quarto de hospedes. Olívia havia se deitado na cama de casal e havia sucumbido ao efeito da medicação. Fernando ao ver o pai, saiu pé ante pé, para não acordar a mãe e encostou a porta do quarto.

— Então pai, vocês encontraram minha irmã? — perguntou Fernando com a voz de choro.

— Filho, olhei nas câmeras de segurança e não sei como lhe dizer, mas parece que Melissa foi engolida para dentro do quadro.

— O quê? Você deve estar ficando louco.

Leonardo abraçou o filho. Teria que contar a verdade para Olívia, sobre a tela que desde o início a esposa havia relutado para que não comprasse. Saberia que a esposa iria culpá-lo pelo desaparecimento da filha, ainda mais quando assistisse a imagem de Melissa sendo engolida pela pintura.

Em meio ao caos, tinha uma única certeza, odiava Olívia, mas estava disposto a sacrificar a própria vida para trazer Melissa de volta. Encontrou com Fernando e nos braços do filho, chorou como criança, um choro de alguém que perde um amor verdadeiro.

Pentagrama

◇◇◇

45 dias depois, Nova York, Estados Unidos

No dia mais frio do ano, Natália Morris aproximava-se da porta do apartamento 1313, localizado a algumas quadras do John Paul Jones Park, no Brooklyn, vestindo um sobretudo preto, com uma touca vermelha que escondia os cabelos longos e loiros que caiam sobre o ombro. Preferia ter ficado no apartamento na 5ª Avenida com a 37 Street, lá teria pelo menos o aquecedor e o chocolate quente, além de ficar livre da sensação do nariz congelado.

Bateu suavemente na porta de madeira sem deixar de notar o som irritante que vinha da sala. Era provável que alguém tivesse deixado a televisão ligada. Aguardou alguns minutos em vão, talvez estivessem dormindo ou não haviam escutado. Desenrolou o cachecol vermelho do pescoço, pois a calefação do prédio, que apesar de antigo funcionava muito bem, ao ponto de sentir que o pescoço iria assar caso não se livrasse do cachecol de caxemira.

Bateu mais uma vez na porta, desta vez com mais força. Conferiu o endereço no bloco de notas do celular.

— O endereço está correto — afirmou guardando o celular no bolso, tornando a bater na porta.

Tinha compromisso com a família, em especial com o pai do pequeno Jonathan, que havia procurado o velho professor de parapsicologia, Doutor Yohanssem, para pedir-lhe ajuda. Como Yohanssem andava sobrecarregado, a designou para assumir o caso.

Natália foi até a porta vizinha, que trazia logo abaixo do número 1315 um pentagrama de metal, com as pontas voltadas para cima. Olhou no chão, onde uma fina camada de sal grosso percorria logo abaixo da porta. Sabia que o pentagrama e o sal eram formas de se proteger do "demônio".

— Se o vizinho não tiver informações de Nathan, o pai de Jonathan, ninguém mais terá — disse para si mesma.

Bateu na porta do apartamento 1315, não precisou esperar muito para que a porta abrisse uma pequena fresta, revelando uma corrente prateada. Pode ver a metade do rosto de um homem negro com longos cabelos, destacando-se com a barba branca.

— *Que quieres?* — perguntou em espanhol, com a voz carregada de sotaque francês. Provavelmente era um imigrante do Haiti.

— Me chamo Natália Morris. Estou à procura de Circe, a esposa de Nathan, que mora no apartamento ao lado. Bati na porta, mas ninguém atende, só que parece que a televisão está ligada. O senhor sabe se eles ainda moram aqui?

— *Ella es la hija del diablo!* — respondeu com rispidez enquanto fechava a porta.

Natália voltou até a porta do apartamento 1313. Foi então que viu abrir a porta de outro vizinho e sair uma mulher gorda de aproximadamente 50 anos, usando *bobs* no cabelo preto e um vestido vermelho de bolinhas amarelas. A cara parecia uma pizza onde os olhos lembravam duas azeitonas pretas. Segurava uma tigela e tinha farinha de trigo espalhada pelos braços.

— A senhora não vai conseguir conversar com esse velho gagá. Ele é louco e nem para fazer vodu ele presta — afirmou enquanto virava uma colher de pau de um lado a outro, misturando uma massa marrom.

— Meu nome é Natália Morris. Estou à procura de Nathan. A senhora sabe se ele ainda mora neste apartamento?

— Mora sim, meu bem. Eu saí justamente para conversar com ele. Desde ontem à noite que a televisão está ligada e já está incomodando. Passei a noite em claro por causa dessa droga de televisão e hoje eu lhe garanto que vou dormir, nem que seja para eu ter que arrebentar essa colher de pau na cabeça de alguém.

As duas aproximaram-se da porta.

— Segure aqui! — disse a mulher entregando a tigela para Natália, enquanto esmurrava a porta com as mãos sujas de farinha. Tamanha era a intensidade das batidas, que fez com que outros vizinhos abrissem as portas para bisbilhotar o que estava acontecendo. Alguns minutos se passaram e o que podia ouvir era apenas o chiado da televisão por detrás da porta fechada. Natália tentou abrir a porta e ouviu um estalo, quando girou a maçaneta. A porta estava aberta.

Ao abrir a porta, viu Nathan caído sobre o tapete da sala. O pequeno Jonathan, estava deitado ao lado do pai, ambos inconscientes.

— Chame a polícia! — ordenou Natália para a vizinha, devolvendo-lhe a tigela.

A vizinha de Nathan correu de volta para o apartamento sem questionar. Havia omitido de Natália os gritos que havia escutado na noite anterior. Ao ver Nathan caído no piso da sala, arrependeu-se de não ter chamado a polícia antes.

Natália foi entrando com cuidado pelo pequeno corredor, que dava acesso a sala. As paredes estreitas estavam repletas de quadros com fotos da família. Cada vez que se aproximava da sala e de Nathan sentia o coração acelerar. Tinha mais medo dos vivos do que dos demônios, pois a experiência lhe ensinara que as pessoas vivas eram as que mais cometiam crimes.

Ouviu grunhidos semelhantes ao de um animal enfurecido, que nem o alto volume da televisão foi capaz de encobrir. Os sons intensificaram à medida que se aproximava de Nathan. Retirou uma arma de eletrochoque do bolso, um presente que ganhara do ex-namorado, que podia ser útil para se defender com uma descarga elétrica de alta voltagem de algum criminoso que feriu Nathan e o pequeno Jonathan, caso percebesse que a própria vida pudesse estar ameaçada. Era uma forma tecnológica de se proteger de um mundo que a cada dia se tornava mais violento e tecnológico.

Viu Nathan graças a luminosidade da imagem da televisão, a visão da sala tornou-se nítida mesmo com a cortina com blecaute fechada. Pegou o controle remoto do chão e abaixou o volume da televisão. Foi até a cortina e a abriu, permitindo que os raios solares de inverno, iluminassem a sala. Ouviu outra vez, só que com mais intensidade, os grunhidos que pareciam vir da cozinha.

Aproximou-se de Nathan, certificou-se de que ele respirava. Identificou um ferimento cortante logo acima do nariz. Jonathan, o filho mais novo estava dormindo ao lado do pai, entre os cacos de vidro de um vaso que provavelmente havia sido arremessado contra a cabeça de Nathan.

"Pobre criança, sabe lá o que esse menino passou", pensou Natália enquanto caminhava com cuidado em direção a cozinha, cuja luz estava apagada. Ouviu mais grunhidos, como de um animal furioso que se esconde preparado para atacar a presa.

Natália se levantou, colocou o cachecol vermelho sobre o sofá juntamente com o gorro, deixando os longos cabelos loiros esvoaçarem sobre os ombros. "Demônios não existem. O que existe são mentes doentes, inquietas e perturbadas", afirmava para si mesma, enquanto caminhava até a entrada da cozinha.

Ao se aproximar, viu um vulto que correu na penumbra da cozinha, derrubando as cadeiras. Sentiu um cheiro pútrido que a fez se arrepender de ter tirado o cachecol, pois com ele poderia cobrir o nariz.

— Circe, é você? — perguntou, uma das mãos protegia o nariz do mau cheiro e com a outra tateava a parede à procura de um interruptor.

Recuou ao ouvir um rugido como resposta, que ecoava junto ao cheiro da podridão. Sabia que Circe havia perdido a mãe por complicações decorrentes de um avançado tumor ósseo maligno que havia se disseminado por todo corpo. As crises de dores refratárias aos analgésicos opioides mais potentes, faziam com que a mãe de Circe implorasse para que lhe tirassem a vida. Os gritos eram uma rotina na emergência, juntamente com o delírio da mãe de que ela tinha a "doença ruim" causada pelo diabo que a rondava e dizia que queria vê-la sofrer ainda mais — delírios pelo excesso de analgésicos venosos, era o que diziam os médicos.

Tamanho sofrimento foi um martírio para a pobre Circe, que passou a acreditar que estava possuída pelas imagens oriundas da imaginação da mãe enquanto padecia no estágio terminal; a imagem do "Diabo" — a mesma imagem que cada um de nós somos capazes de recriar, fundamentado em crenças individuais, nos próprios medos e frustrações.

Foi então que Natália conseguiu encontrar o interruptor. Ao acender a luz percebeu que na cozinha não havia janelas e sobre a mesa havia as vísceras de um gato misturada com fezes humanas. Circe estava sentada ao lado do fogão, nua e completamente imunda. O branco da geladeira fora substituído por inscrições de sangue que se distribuíam pela pia. As letras e números eram desconexos e não fazia sentido. Estavam desordenados e se repetiam ASS, 9, 13, EM, 9, IL, 9, 13, paralelos a pentagramas também rabiscados na porta da geladeira. Natália retirou o celular do bolso e fotografou com rapidez, registrando as imagens para tentar desvendar um possível significado que pudesse estar oculto

Guardou o celular e aproximou-se de Circe.

— Circe, vim lhe ajudar! — afirmou indiferente a cena de horror que a cozinha havia se transformado.

Circe não se movia. Continuava de braços cruzados sentada no chão frio, nua e com o corpo imundo. Apenas mantinha o olhar fixo em Natália, que com passos cautelosos se aproximava à medida que ganhava segurança.

— Eu tenho a chave que abre a porta da dimensão do mal. Eu conheço a chave, mas você terá que pagar o preço! — gritou Circe, enquanto se levantava e começava a esmurrar o forno de micro-ondas até o vidro partir-se em milhares de pedaços. — Tenho a chave da liberdade! — gritava ela.

Natália aproximou-se de Circe. No momento em que ia ajudá-la a levantar-se, Circe retirou uma faca sobre a qual estava sentada e com os pés deu um coice em Natália arremessando-a em direção a mesa da cozinha.

Por instantes Natália viu tudo ficar nublado e rodopiar, enquanto um líquido viscoso e quente lhe percorria o couro cabeludo. Passou a mão sobre a cabeça, e quando olhou para a mão viu que ela estava manchada de sangue. Ao retirar a mão de frente do rosto, viu Circe armada com a faca, preparada para golpeá-la.

Até que ouviu um disparo seco, enquanto o corpo de Circe caia e começava a se contorcer no piso da cozinha, parecendo que ela estava tendo uma convulsão. Ao olhar para trás, viu um policial que havia disparado em Circe com sua arma de eletrochoque que havia deixado cair. O outro policial aproximou-se de Natália e a ajudou a se levantar, enquanto pedia apoio médico pelo *walkie talkie*.

Olhou para Circe, que estava sendo algemada, o policial aproveitava a oportunidade de que ela estava desacordada após o disparo.

— Venha comigo, moça. Foi sorte você não ter morrido — disse o policial, enquanto amparava Natália levando-a até o sofá da sala.

Natália por fim conseguiu identificar com nitidez a imagem do policial, pois a visão de forma gradativa se reestabelecia ao seu normal. Era um policial alto com a pele negra e forte, que parecia um jogador de basquete americano.

— A moradora ao lado chamou a polícia e pelo visto chegamos na hora certa.

— Obrigada, mas por favor não a machuquem. Ela ficou assim depois que a mãe morreu de câncer e ela não têm consciência do que está fazendo.

O policial sorriu ao perceber a preocupação de Natália com a mulher que quase lhe ceifara a vida.

— Sim, estamos cientes disso. Ninguém em sã consciência fica nu num dia de inverno em Nova York — respondeu o policial rindo.

— E Nathan? O pequeno Jonathan? — perguntou Natália ao perceber que eles já não estavam caídos no chão.

— Eles vão ficar bem. Não se preocupe.

Após duas horas de explicações, Natália volta para o carro que havia estacionado próximo ao apartamento de Circe. Nathan e o pequeno Jonathan haviam sido levados para o hospital.

Os detetives deram o endereço do hospital em que Nathan estava internado por causa de um traumatismo craniano, mas passava bem e informaram que Jonathan havia sido entregue para a tia, até que o pai, Nathan, tivesse alta.

Correu até o carro e entrou no veículo fugindo do frio, olhou para o retrovisor enquanto retirava o gorro. Viu que havia ganhado um imenso curativo que cobria alguns pontos no corte na cabeça. O rosto estava manchado de sangue e apele branca estava ainda mais pálida, realçando os olhos verdes.

— Natália, você está horrível — afirmou para si mesma sentindo as fisgadas no couro cabeludo bem no local onde havia sido suturado.

"Daria tudo por um comprimido mágico para aliviar minha dor", pensou até que o som do celular ecoou pelo carro. Retirou-o do bolso, olhou para o *display* e viu que era uma ligação do Brasil.

— Alô — disse em português.

— Senhora Natália Morris? — se surpreendeu ao ouvir a voz masculina de um conterrâneo brasileiro.

— Sim. Quem está falando?

Após um breve silêncio pode ouvir a voz novamente.

— Natália, você não me conhece. Me chamo Leonardo e preciso muito de sua ajuda. Quem pediu para que eu entrasse em contato com você foi um velho amigo, o Doutor Yohanssem. Ele está disposto a me ajudar. Moro no Brasil e o Doutor Yohanssem lhe indicou, pois precisamos de seu apoio técnico. Vou custear toda a despesa de viagem e hospedagem de vocês enquanto estiverem no Brasil. Acredito que você já esteja sabendo, pois ele disse que você além de doutora em Parapsicologia, é quem organiza as viagens e finanças do grupo de pesquisas. Por isso estou entrando em contato.

— Sim, eu e Doutor Yohanssem trabalhamos juntos a um bom tempo. Mas em que nosso conhecimento poderá ajudá-lo?

Ouviu o silêncio mais uma vez.

— Não posso fornecer detalhes pelo telefone. O Doutor Yohanssem está a par da situação e vou deixar que ele lhe dê as informações necessárias. Apenas imploro para que ajude um pai desesperado. Já fiz a transferência do dinheiro para sua conta, conforme orientações do Doutor Yohanssem e as passagens já foram emitidas. Tenho que desligar e agradeço por me ajudar.

Antes que Natália respondesse, Leonardo já havia desligado. Olhou para o *display* do celular e de fato havia diversas ligações não atendidas do Doutor Yohanssem.

Seguiu em direção à Brooklyn Bridge, o frio era menos intenso do que a frustração em falhar na tentativa de ajudar Circe. Teria que deixá-la de lado e seguir as orientações do mentor. Não sabia o que estava por vir, mas tinha uma única certeza: de que a cama, um comprimido para dor e uma xícara com chocolate quente seria a sua recompensa em mais um dia de inverno.

Por um fio

◇◇◇

Brotas, São Paulo, Brasil

Um carro preto seguia no sentido da saída principal da cidade. Virou a direita duas quadras após deixar para trás o Hospital Santa Terezinha. Seguiu por um quarteirão, indo em direção ao final da rua, até que encontrou um local para estacionar sem deixar de ouvir a roda do SUV raspar na sarjeta.

— Maldita escuridão! — disse padre Paulo, antes de abrir a porta e descer do carro. Carregava uma maleta preta e vestia uma calça jeans desbotada com uma camisa branca. Parecia um médico que havia errado o caminho do hospital.

Caminhou meio quarteirão, desajeitado e com uma das mãos no bolso. A iluminação precária, criava uma penumbra, que era amenizada pelos faróis de alguns carros de motoristas insones que vagavam pela noite, em uma cidade onde a população descansava em suas camas, restaurando-se do cansaço de um dia de árduo trabalho.

Aproximou-se da casa 696.

— É aqui — gaguejou — Que minha fé não me abandone! — disse fazendo o sinal da cruz.

Aproximou-se do portão, olhou para o relógio que marcava uma hora da madrugada.

"Bem, o combinado foi que me chamassem quando precisassem e promessa é dívida", pensou enquanto apertava a campainha.

Com rapidez a porta se abriu. Ana apareceu, usando uma camisola cor de rosa, um chinelo de pelúcia e os cabelos pretos com mechas desajeitadas sobre o ombro. A beleza contrastava com a face de espanto.

— Padre Paulo, graças a Deus que o senhor chegou! Aconteceu outra vez — falou com segurança.

Padre Paulo coçou os cabelos grisalhos e ajustou os óculos cujas lentes pareciam o fundo de uma garrafa. Recordou-se do caso de Ana, que parecia aflita tamanho era o desespero que a fez lotar a caixa postal do celular com diversas mensagens que faziam o visor do celular ficar piscando de forma contínua. Era leigo para manusear a "tecnologia" dos *smartphones*, mas tinha fé que ainda encontraria um adolescente de bom coração que pudesse ensiná-lo como ouvir as mensagens e depois apagá-las.

Já conhecia o caso de Ana e havia conversado com um antigo mestre de Teologia enquanto cursava a disciplina de Demonologia no Vaticano, o cardeal Vincinzo, que havia pedido para que analisasse com mais cuidado antes de afirmar de que se tratava de um caso real de possessão.

— Estou preparado — afirmou o padre a si mesmo enquanto a mão direita conferia o crucifixo sobre a camisa branca.

— E como está o seu menino? — perguntou o padre, revelando a voz carregada de paciência.

Ana abaixou a cabeça e começou a chorar, o padre Paulo abriu o portão, caminhou até Ana e a abraçou.

— Fique calma, vai dar tudo certo, basta ter fé no Senhor.

— Padre, sempre fui uma mulher devotada e nunca me faltou fé, mesmo neste período de turbulência que estou enfrentando com meu filho. Desde o dia do divórcio, parece que um furacão devastou minha casa. Meu ex-marido está atrasando a pensão, perdi meu emprego e para sobreviver estou trabalhando como diarista. São muitos problemas para meu filho Henrique absorver, ainda mais para ele que idolatrava o pai. Assim que Cláudio foi embora, as notas de meu filho despencaram. De aluno exemplar tornou-se o problemático da sala. Já faz um mês que ele está afastado da escola, depois da última briga, que ele bateu em um colega da sala fazendo que o menino fosse parar no hospital.

— Por favor padre, entre! — disse Ana, engolindo o choro.

O padre caminhou revelando uma ligeira curvatura na coluna, que não fazia diferença pela grande estatura. Ao entrar na casa de Ana, foi que conseguiu compreender a real dimensão do problema, que se mostrou completamente diferente desde sua última visita, que foi bem antes do divórcio.

O padre tinha um grande carinho por Ana, pois ela o havia ajudado durante muito tempo cuidados da casa paroquial. Encabeçava as reuniões, bem como tinha uma importante ligação com a população católica da cidade. Quando Ana percebeu que o casamento estava em xeque, pediu para que o padre intercedesse pelo marido de forma a evitar a separação. Recordou-se de que a conversa havia sido naquela mesma sala, que apesar de pequena, tinha uma estante repleta de livros e uma televisão das mais modernas. Como notara, a diferença da casa era visível e até palpável, pois os móveis foram vendidos junto com a televisão e a estante, restando apenas duas cadeiras, provavelmente trazidas da cozinha e colocadas ao lado de algumas almofadas que estavam espalhadas pelo chão, que contrastavam com a parede cor de rosa, descascada, implorando para uma mão de tinta.

— Padre Paulo, peço que me perdoe, mas estou com medo de entrar no quarto e de ser agredida pelo meu filho. Ele só pode estar possuído, fica falando palavras esquisitas e desenhando monstros na parede do quarto. Telefonei para a polícia, mas eles disseram que não atendem crianças endiabradas, que era para eu fazer o papel de mãe e "sentar-lhe o chinelo na bunda". É a primeira vez que vejo meu filho dessa forma, e estou com tanto medo...

O padre riu. Sabia que tinha forças suficientes para conter um moleque de doze anos de idade. Na pior das hipóteses, caso ele estivesse possuído, a maleta com o material para o exorcismo estava preparada.

— Não se preocupe, Ana. A estas horas Henrique deve estar dormindo, recuperando a energia para o dia seguinte. Pode deixar que eu vou até lá, se ele estiver acordado, eu converso com ele. Acredito não se tratar de uma possessão.

O padre abriu a porta devagar, sem deixar de ouvir o ranger da fechadura. O quarto estava escuro e ouviu grunhidos.

— Henrique, você está aí, menino? — perguntou enquanto a mão tateava o interruptor na parede.

Ao acender a luz, tudo o que conseguiu ver foi um tênis voando em sua direção, e antes que tivesse tempo de se desviar do objeto voador recém-identificado, levou uma forte pancada no rosto, que fez os óculos ricochetearem na parede antes de cair no chão. O mundo tornara-se embaçado e as pessoas transformavam-se em uma imagem disforme. Ouvia as gargalhadas demoníacas do menino, cuja imagem distorcida corria de um lado ao outro do quarto.

"Pestinha!", pensou o padre antes de se abaixar e tatear o chão à procura dos óculos, enquanto o coração disparava de medo de que outro objeto, maior ou pontiagudo, fosse arremessado. Tornara-se um alvo vulnerável.

Por sorte Ana estava na retaguarda, ela pegou os óculos e o colocou na mão do padre.

— Obrigado, Ana! — respondeu padre Paulo, desta vez observando o menino que corria de um lado a outro dentro do quarto.

— Ana, espere aqui — ordenou o padre. Ana recostou-se na parede e começou a chorar.

— Fique calma — disse o padre, que entrou no quarto e fechou a porta para que Ana não se apavorasse caso estivesse diante de uma possessão real.

Viu que o crucifixo que ficava sobe a cabeceira da cama estava de ponta cabeça. Sabia que não se tratava de um bom sinal, até que o menino parou de correr e sentou-se na beira da cama de solteiro.

— O que você quer padre? — disse o menino com a voz grossa, como se estivesse falando para dentro de si próprio.

—Henrique, quero que pare com essa besteira. Olha o estado de sua mãe! Você acha que ela merece isso? — questionou o padre ao perceber que o menino sofria de uma patologia genética conhecida como albinismo que deixava o rosto e os cabelos brancos como algodão.

Henrique deitou-se na cama, cobriu a cabeça com o travesseiro e depois levantou-se, olhou para o padre enquanto arranhava o rosto com as próprias unhas. O padre se aproximou, até que levou um jato de vomito direto na calça jeans. O cheiro de leite azedo pairou no quarto.

— Você, padre, é fraco! Eu sou o demônio! Você tem que ter medo! Fuja enquanto você tem tempo ou irei levar sua alma e devorá-la no inferno.

Antes que o padre pronunciasse alguma palavra, observou que o crucifixo começou a rodar na parede, contrariando as leis da física. Foi então que o padre percebeu um pequeno brilho próximo ao crucifixo que continuava a se mexer girando de um lado ao outro.

Padre Paulo ignorou o menino por completo e aproximou-se do crucifixo, com o dedo esticou um fio que fora retirado com cuidado de uma meia calça feminina, quase que invisível aos olhos menos aguçados.

— Pare, seu idiota! Vai embora padre, por favor! — gritou Henrique.

Padre Paulo continuou seguindo o fio e encontrou embaixo da cama um carrinho de controle remoto desmontado, fixado no chão. A pequena roda havia sido adaptada, de forma que o fio fosse tracionado fazendo o crucifixo girar. Ao lado do brinquedo uma jarra cheia de leite, com um canudo emendado seguia por trás da cama até embaixo do travesseiro, o que explicava o falso vômito e o cheiro de leite no quarto.

"Garoto esperto", pensou o Padre.

Henrique, após perceber que seu plano havia ido por água abaixo, sentou-se na cama e pôs-se a chorar.

— Por favor, não conta para minha mãe. Eu só quero que meu pai volte. Ele faz muita falta... — disse o menino com os olhos vermelhos, não pela possessão, mas pelo inferno causado por ter que viver sem o homem que considerava um herói.

O padre sentou-se na beirada da cama enquanto ouvia o menino. O colocou no colo, que em pranto derramava lágrimas verdadeiras de uma criança que sentia saudades do pai, vítima de um casamento que não havia dado certo.

— Sabe, padre? Meu pai vai morrer. Ele está muito doente e por isso não conseguiu trabalhar e mandar dinheiro para nós. Ele está com leucemia e minha mãe, mesmo sabendo disso, o denunciou para o delegado que o levou para a prisão. Minha mãe, apesar de não sair da igreja, é má. Não quero morar mais com ela. Você me ajuda? Por favor, padre! Pelo menos me ajude a visitar meu pai no hospital. Se me ajudar a vê-lo eu prometo que faço o que o senhor me pedir.

Padre Paulo percebeu a sinceridade nos olhos do menino. Uma pobre criança, sem rumo. Sentia reciprocidade na dor do pequeno Henrique, pois o divisor de águas que o impulsionou ao celibato foi em ser filho de um usuário de droga, na qual o pai fugiu de casa e desapareceu – e provavelmente foi morto por dívida com traficantes. Alguns anos depois veio a notícia de que a mãe estava com câncer no pulmão.

Ana não podia negar que o filho visitasse o pai, exceto que houvesse outras razões judiciais. Padre Paulo desconhecia que Cláudio estava com leucemia, e de qualquer forma sabia que pai e filho tinham uma conexão. Indiferente das questões conjugais envolvidas, Claudio não deixava de ser o pai e o herói do menino.

— Henrique, sei que não é fácil a situação que você está enfrentando. Você precisa se apegar a Deus. Sua mãe, boa ou não, sempre será a sua mãe. Da mesma forma que seu pai jamais deixará de ser seu pai.

Não sabia que ele estava com leucemia, mas dou minha palavra que darei um jeito de você ir visitá-lo. Você é um menino que tem um grande talento e um futuro brilhante pela frente, mas cabe a você escolher qual caminho irá seguir.

Henrique sentou-se ao lado do padre e secou os olhos na manga da camiseta.

— Padre, eu prometo que não irei mais fazer isso. Vou me comportar melhor, mas eu preciso visitar meu pai.

— Eu lhe dei minha palavra, não foi? Fique tranquilo que irei cumprir com o prometido. Vamos até a sala acalmar sua mãe que ela está desesperada, com medo de sua possessão. E por falar nisso, peço que não faça brincadeiras que evoquem o sobrenatural. Aprendi em meus estudos de que o mau existe, e às vezes está mais próximo de nós do que podemos imaginar.

Henrique abaixou a cabeça resignado. Havia pisado na bola e feio. O padre Paulo abriu a porta do quarto e acompanhou Henrique até a sala.

Ana aproximou-se do filho e o abraçou, com certa repulsão, pois toda vez que olhava para o menino recordava-se do marido. O Padre percebeu de imediato a "rejeição" que a mãe tinha pelo menino, mas preferiu ficar calado. Iria conversar com a diretora da escola para cancelar a suspensão. Nos períodos livres Henrique poderia participar das atividades com jovens na igreja e, à noite, voltaria para casa apenas para dormir. Isso daria tempo para Ana trabalhar, quem sabe colocar a cabeça no lugar, e rever os sentimentos pelo filho.

Ana olhava com ódio para a criança. A mesma revolta que carregava de quando o menino nasceu. Da gravidez indesejada, dos momentos que tentou afogá-lo jogando-o sem saber nadar no rio Jacaré para que tudo parecesse um acidente. Mas o menino era esperto e surpreendia a todos, e sempre tinha o pai por perto o proteger. Esperava que com o comportamento demoníaco de Henrique o padre intercedesse para que ele fosse internado em um hospital psiquiátrico, e assim estaria livre daquela praga. Mas ele havia saído sorrindo do quarto de mãos dadas com o padre. Tudo o que planejara foi por água abaixo.

Ao menos sentia um prazer, em saber que havia conseguido prender o marido e cruzava os dedos para que a leucemia o matasse o mais rápido possível.

"Eu devia ter abortado", pensou Ana, enquanto olhava para o Padre com um sorriso branco e...

Inexplicável

◇◇◇

Belo Horizonte, Brasil

A capital mineira recebia os primeiros raios de sol enquanto o carro da empresa de segurança fazia a ronda matinal. Dobrando a esquina, um táxi preto carregando dois passageiros seguia pela sinuosa rua arborizada até estacionar na frente de uma casa com muro alto, cerca elétrica e câmeras que monitoravam o ambiente. O motorista da empresa de segurança, como de costume, aproximou-se do táxi e com discrição observava o movimento dos visitantes.

Do taxi, desceu uma mulher com longos cabelos loiros, usava *jeans*, uma camisa preta de gola com manga comprida, e os óculos de sol destacavam a pele branca. Caminhou em direção ao porta-malas.

A seguir um senhor de barbas longas desceu do carro. Era a imagem do Papai Noel, porém, sem a típica roupa vermelha e gorro. Usava óculos com armação preta com grossas lentes, que pareciam uma lupa. O homem obeso caminhou em direção ao taxista, que o ajudou a retirar a volumosa mala e algumas caixas metálicas empilhando-as na entrada da casa de Leonardo.

O motorista seguiu para o táxi, e com um aceno despediu-se dos passageiros, deixando-os para trás.

— O endereço confere, Natália? — perguntou Doutor Yohanssem acendendo um cigarro.

— Sim, Yohanssem. Este é o endereço que Leonardo nos forneceu — respondeu Natália, enquanto conferia o endereço com as anotações da agenda. Pressionou o botão do interfone.

Após alguns minutos de silêncio, ouviu-se uma voz eletrônica.

— Pois não?

— Meu nome é Natália e sou aguardada por Leonardo Fontes.

— Ah, sim. Vou abrir o portão. Já estou indo para ajudá-los com a bagagem.

Após ouvir um destrave eletrônico o portão se abriu. Natália seguiu pela pequena entrada e caminhou até a porta da sala, onde uma mulher de uns quarenta anos de idade, afrodescendente, segurando um pano numa mão e na outra um *spray* de limpa vidros a esperava.

— Vocês precisam de ajuda? — perguntou a empregada aproximando-se das caixas de metal.

— Sim, obrigada — respondeu Natália, arrastando a mala de rodinhas em direção a entrada.

— Leonardo Fontes está? — perguntou Natália, enquanto Doutor Yohanssem dava a última tragada no cigarro antes de jogá-lo fora.

A empregada olhou para os gringos ao notar o sotaque americano da mulher chique.

— Leonardo está na sala de estar, conversando com o padre Paulo, que por alguns minutos quase que chegou junto com vocês. A patroa foi para a casa da mãe dela.

Após trazerem a última caixa prateada e a empilhar em um cômodo em anexo a sala, a empregada aproximou-se.

Natália ficou admirada com a decoração da sala. Havia objetos de artes de épocas, estilos e países diferentes. Iam desde porcelanas, tapeçarias e livros raros. Aproximou-se de uma estante fabricada em madeira de jacarandá, onde havia manuscritos originais de notáveis escritores e deslizou o dedo sobre os variados títulos. No teto havia um lustre francês. Era incapaz de precisar a data, mas tinha certeza de que deveria ter mais de duzentos anos. Uma verdade mostrava-se absoluta. Alguém daquela casa era conhecedor de artes e tinha um refinado gosto pela literatura estrangeira.

Até que o vislumbre de Natália foi quebrado pela voz estridente da empregada.

— Venha comigo, que vou lhes acompanhar até a sala de estar. Só não repara que Leonardo está muito diferente desde que a filha desapareceu. Já tem dois meses que ele vem sofrendo por causa da pobrezinha da Melissa — disse a empregada com os olhos marejados.

Doutor Yohanssem permanecia calado, observava o ambiente com mais discrição.

— Há quanto tempo que a filha dele sumiu? — perguntou Natália para a empregada.

— Já tem dois meses, e o bandido ainda para zoar com a cara do patrão deixou um quadro com a pintura da menina pregada na parede. Fico com dó da Melissa, pois ela era boazinha. Hoje em dia, a gente vê tanta coisa na televisão. Esses dias meu cunhado contou a história de uma mulher que foi encontrada em um quarto de hotel, aqui em Belo Horizonte, numa banheira cheia de gelo. Arrancaram os rins dela, o *figo* e a *corni do oio*. A deixaram viva e toda costurada com um bilhete dizendo que iam vender os órgãos dela lá nos *States*.

— Figo? — perguntou Natália, lembrando-se do tradicional doce da culinária brasileira.

— Sim — respondeu a empregada. — Aquele que dá hepatite.

— Ah, fígado! — exclamou Natália, olhando para a empregada que ficou calada.

"Fígado? Só se for na cabeça desses gringos doidos, que acham que sabem falar *português*", pensou a empregada.

Natália olhou para o Doutor Yohanssem, que continuava calado e pouco havia falado sobre a razão pela qual haviam vindo para o Brasil. Não era do feitio dele trabalhar com informações fornecidas por leigos. Era um cientista e como um bom cientista, não ficava formulando hipóteses sem ter algo concreto nas mãos.

O que Natália sabia era que iriam investigar o desaparecimento de uma criança, e as informações da empregada condiziam com os relatos do Doutor Yohanssem. Com olhares repletos de dúvidas, ela e o Doutor acompanharam a empregada.

Ao chegarem na sala de estar, Natália e Doutor Yohanssem foram recepcionados por Leonardo, cuja aparência descuidada chamou a atenção de Natália. Um homem de cabelos compridos e desarrumados, barba por fazer e com grandes olheiras mal escondidas pelos óculos. Usava uma camisa branca de manga longa, por fora da calça jeans.

— Padre Paulo, permita-me apresentar Doutor Yohanssem e Natália, pós-graduados em Parapsicologia.

Padre Paulo levantou-se, meio desajeitado e aproximou-se de Yohanssem.

— Então o senhor que é o famoso Doutor Yohanssem. Já ouvi falar muito do senhor. Usei um de seus artigos para concluir minha tese de doutorado em Teologia, *O poder obscuro do Subconsciente: fenômenos psi e precognição*, interessante sua publicação.

O Doutor Yohanssem ajeitou a longa barba branca e a seguir os óculos.

— Obrigado, padre Paulo. Fico feliz que tenha tido oportunidade de apreciar meu artigo. Já faz tempo que parei de escrever, atualmente tenho me dedicado a leitura.

Antes que padre Paulo estendesse o assunto, Leonardo interrompeu a conversa.

— Por favor, sentem-se.

Todos se acomodaram na mesa. Leonardo olhou para Doroty, a doméstica, e fez um sinal para que ela servisse o café.

Natália percebeu que uma das mãos de Leonardo estava trêmula, mas ele tentava disfarçar. Ou era os primeiros sintomas de Parkinson ou Leonardo estava emocionalmente abalado, o que explicava a desleixo com o autocuidado.

— Quero aproveitar que estamos reunidos, e antes que o café seja servido vou explicar com detalhes o porquê os chamei.

Todos se entreolharam. Natália estava ansiosa, afinal devia tratar-se de um fenômeno extraordinário para com que o próprio professor Yohanssem deixasse Nova York e viesse para o Brasil. Padre Paulo segurava um rosário na mão direita e manuseava as contas, enquanto observava os cientistas que Leonardo havia contratado.

— Gostaria de agradecer a todos vocês. O motivo pela qual eu reuni esta equipe é que, em minha casa, está ocorrendo um fenômeno que sou incapaz de explicar. Há alguns meses, arrematei uma pintura a óleo sobre tela, que supostamente foi feita pela filha de uma poderosa bruxa, chamada Camille Claire. Minhas informações fundamentam-se em uma pesquisa de um empresário europeu, que enriqueceu de forma misteriosa do dia para a noite. A igreja, observando esse enriquecimento, digamos que "milagroso", acusou a esposa do empresário de bruxaria, pois na época viviam no auge da Santa Inquisição.

— Nós erramos, Leonardo, mas temos consciência de nosso erro. Ninguém é perfeito! — interrompeu padre Paulo.

Leonardo olhou para o Padre e consentiu com a cabeça, concordando com ele.

— Pois é, padre Paulo. Só que desta vez a igreja não estava errada. A esposa deste empresário devia ser discípula de algum *coven* de bruxaria. Sentindo-se ameaçada, e não tendo como trazer toda a fortuna em baús e temendo que a igreja os interceptasse, ela comprou uma pintura da bruxa suprema de um *coven*. A bruxa que vendeu o retrato chamava Evon Zerte, que na época alegou um valor incalculável pela pintura. Dizem que com esse dinheiro, a bruxa suprema ajudou a fuga das demais bruxa de hierarquia menores para diversos países. Esse casal em posse da pintura e de uma pequena fortuna, decidiram fugir para o Brasil, para driblar a Santa Inquisição.

Leonardo calou-se ao ver Doroty trazer a bandeja com o café da manhã. Assim que serviu os convidados, a empregada retirou-se, pois sabia que o patrão não gostava de ser incomodado. Leonardo retomou a conversa.

— Durante a viagem, o escravo de confiança os traiu, pois ele sabia da fortuna que seu patrão trazia escondido em um baú guardado em um dos porões do navio. O empresário descobriu da pior forma que o escravo, que tanto confiava, havia preparado um motim. Capturaram e esposa dele e a queimaram viva dentro do barco. Ele tentou escapar, mas acabou sendo encurralado, só que antes de ser capturado, jogou o baú no oceano. Ele sabia que não haveria escapatória, e já prevendo que seria assassinado, ateou fogo no navio. O que se sabe é que um navio partiu da costa europeia para o Brasil, e existe o relato de que dias depois foi encontrado destroços do navio em determinada coordenada do oceano atlântico, não muito longe do Rio de Janeiro. Essas coordenadas foram registradas e durante anos despertou a cobiça de caçadores de tesouro do mundo inteiro, até que há alguns meses, duas pessoas conseguiram encontrar a pintura. Eles morreram incinerados e o barco de exploração foi encontrado à deriva pela marinha brasileira, havendo dois corpos carbonizados, mas junto a um deles, adivinhem o que encontraram?

— *O retrato de Camille Claire*! — exclamou Padre Paulo, com dedos percorrendo pelas contas do rosário.

Leonardo deixou escapar um breve sorriso, escondido pela máscara de angústia e dor.

— Exato, padre. A tela foi encontrada e eu a arrematei por um preço acessível num leilão aqui em Belo Horizonte. A esposa do caçador não acreditou que os corpos foram vítimas de queima de arquivo e decidiu ficar livre da pintura, na qual eu a comprei por um valor irrisório perto do valor real que o retrato foi avaliado.

— Mas o que tem de especial nessa tela? — adiantou Natália, enquanto o professor Yohanssem fazia algumas anotações num pequeno bloco de notas.

— Bem, esse retrato, foi pintado por Camille Claire, filha de Evon Zerte, que era a bruxa suprema do *coven* de que lhes falei. A filha de Evon Zerte era discípula de Di Ser Piero, seu professor de aulas de pintura.

— Leonardo da Vinci! — exclamou professor Yohanssem.

— Exato, professor. Na verdade Di Ser Piero, era mais conhecido como Leonardo da Vinci. Segundo relatos, Camille Claire também era uma bruxa e aprendiz de Da Vinci na pintura. Ambos pintaram uma única tela, na qual foi assinada pela discípula. Após concluída a pintura, dias depois Leonardo da Vinci faleceu e Camille Claire voltou para os braços da mãe. Dizem os historiadores que ela amaldiçoou a tela e desapareceu dias depois em meio as perseguições da Santa Inquisição. Isso é tudo o que consegui descobrir.

— Essa história não faz sentido, Leonardo. Por que a bruxa suprema venderia a única recordação que tinha da própria filha? — disse Yohanssem.

— Boa pergunta — acrescentou padre Paulo.

Leonardo respirou fundo, angustiado.

— Fiz a mesma pergunta ao historiador que fez o levantamento das informações que lhes relatei. O que ele descobriu foi que a bruxa suprema vendeu o retrato para salvar a vida de suas discípulas do *coven*. Ela dizia que a filha estaria protegida enquanto a pintura estivesse intacta.

Natália e Doutor Yohanssem se entreolharam, padre Paulo coçou a cabeça enquanto tentava assimilar a ideia de como a venda de uma pintura poderia proteger alguém. Talvez usasse o dinheiro para suborno de forma a escapar da inquisição.

— É uma bela história, Leonardo, mas por qual motivo você precisa de nossa ajuda? Quando você me ligou, me falou que sua filha havia desaparecido e que precisava de meus conhecimentos. Quer que examinemos a tela e constatemos a veracidade? Pelo que sei você tem problemas maiores para se preocupar do que tentar descobrir se uma pintura realmente foi feita por Leonardo da Vinci, além de que meu ramo é a parapsicologia e não sou conhecedor de artes — adiantou Doutor Yohanssem.

Natália ficou calada enquanto olhava a reação de Leonardo.

— Não é para constatar a autenticidade da tela. Sei exatamente o conhecimento que cada um de vocês tem, além de que são *experts* no que fazem. Eu os chamei aqui, pois de alguma forma o desaparecimento de minha filha envolve essa maldita pintura.

— Então você deveria ter chamado a polícia! — disse Natália, cruzando os braços.

— Chamar a polícia foi minha primeira atitude. Eles não descobriram nada. Contratei os melhores detetives e investi uma fortuna para tentar encontrar alguma pista sobre o desaparecimento de minha filha, só que não descobriram nada. A única pista que tenho são as gravações em vídeo de minha filha ao lado de um espectro luminoso, sendo engolida pela tela. Quando comprei essa pintura, havia nela o retrato de uma mulher loira, usando um vestido azul com decote em "v". Uma mulher atraente, de pele branca e olhos azuis que irradiavam vida. O lábio escarlate realçava o rosto angelical, e ela segurava um buquê de rosas brancas. Essa era a imagem anterior ao desaparecimento de minha filha, mas na noite em que Melissa desapareceu, eu encontrei caído abaixo da tela, Mr. Rudolf, o coelho de pelúcia de minha filha. Quando olhei para o retrato, ele havia se transformado, nele estava a mesma mulher de vestido longo azul e ao invés do buquê de flores brancas, ela estava de mãos dadas com minha filha que usava o pijama idêntico antes de desaparecer.

Por um instante, o silêncio pairou sobre a mesa até que foi quebrado pela voz lacônica de Leonardo.

— Verificamos todas as câmeras de segurança da rua. Nenhum movimento de carro, nenhuma pessoa passou por pontos chaves. Tanto as minhas câmeras quanto as câmeras da empresa terceirizada responsável pela gravação das imagens de segurança daqui de casa registraram a exata imagem que minhas câmeras captaram, a de um espectro luminoso ser engolido com minha filha pela pintura.

— Leonardo, existe a possibilidade de que alguém tenha manipulado essas imagens? — questionou o Padre.

— Impossível. A empresa que monitora a segurança daqui de casa, também é monitorada por outra empresa idônea na área de segurança. No momento em que ocorreu o evento, a outra empresa verificou as imagens. O funcionário que monitorava minha casa sequer colocou as mãos no computador.

— Alguém poderia ter instalado um *software* com *timer* para reproduzir a imagem que eles queriam — afirmou Natália.

— Impossível. Tudo foi investigado. Não há provas para se afirmar a hipótese de sequestro. Contratei um dos maiores *hackers* que trabalham na Polícia Federal e eles confirmaram a veracidade das imagens. Não houve adulteração ou edição de vídeo.

— Se o que diz realmente aconteceu, então estamos diante de uma manifestação sobrenatural real — afirmou Doutor Yohanssem, retirando alguns biscoitos da bandeja e cobrindo-os com uma generosa camada de geleia.

Leonardo pegou um copo e o encheu com suco de laranja.

— Por isso eu preciso da ajuda de vocês. Sei que cada um é *expert* em sua área. Padre Paulo é um dos poucos padres exorcistas com uma vasta bibliografia de casos resolvidos, graduado pelo Vaticano e especialista em detectar fraudes. Natália...

Ao pronunciar o nome de Natália, ela olhou assustada para Doutor Yohanssem que continuou calado, enquanto tomava café.

— ... Natália Morris, formada em Psicologia, Doutora em Parapsicologia, cujo trabalho de projeção da consciência foi aclamado por renomadas universidades. E é claro, Doutor Yohanssem, médico, renomado psiquiatra, orientador de Natália na sua tese de doutorado, mundialmente conhecido por suas publicações de projeção de consciência e experiências de quase morte. Acredito que todas essas mentes brilhantes reunidas possam me ajudar a encontrar minha filha e resgatá-la de onde é que ela possa estar.

Padre Paulo, levantou o dedo, como um aluno em uma sala de aula.

— Claro padre, pode falar — disse Leonardo.

— Leonardo, eu tenho uma pergunta. O retrato está com você? Onde está sua família, pois enquanto conversávamos, antes da chegada do Doutor Yohanssem, você me disse que tinha um filho e uma esposa.

Leonardo respirou fundo. As recordações da traição de Olívia o feriam.

— Bem, padre — disse gaguejando. — Tive que de certa forma protegê-los. Eles estão na casa de minha sogra. Não quero que meu filho Fernando corra nenhum risco. Já quanto a minha esposa, ela se prontificou a nos ajudar no que for necessário. Não tenho por que esconder, na verdade eu e Olívia estávamos passando por uma crise conjugal e o desaparecimento de Melissa acabou piorando tudo. Em comum acordo, achamos que seria melhor que ela ficasse com Fernando na casa de minha sogra. Estou disposto a sacrificar minha vida se for preciso para ter minha filha de volta. Quanto a pintura, ela está no mesmo lugar. Não a tirei da parede. A perícia encerrou a investigação há quinze dias e o caso foi arquivado por falta de provas.

— Podemos ver o retrato? — adiantou Natália, ansiosa em iniciar os trabalhos.

— Sim, claro! Vou levá-los até ela. Na verdade, vocês irão ficar hospedados aqui em casa. Natália irá ficar no quarto de Melissa, o padre Paulo já está no quarto de Fernando e o Doutor Yohanssem no quarto de visitas. Eu estarei à disposição. Tirei licença prolongada para acompanhar e ampará-los no que for preciso. Também já fiz as transferências bancárias do montante combinado, exceto no caso de padre Paulo, que pediu que a parte que lhe é de direito fosse revertida para caridade e assim foi feito. Natália e Doutor Yohanssem, acredito que Doroty já tenha deixado as malas de vocês nos quartos. Me acompanhem que vou lhes mostrar a pintura.

O grupo se levantou e seguiu Leonardo. Ao chegarem no corredor, já avistaram o retrato na parede, repleto de câmeras de vigilância ao seu redor e com iluminação em tempo integral.

A pintura era hipnotizante, não havia como não olhar para a tela. Era exatamente como Leonardo havia descrito. Uma bela mulher loira com olhos azuis, usando o longo vestido azul de decote em "v". Ela estava de mãos dadas com uma menina que vestia um pijama colorido.

Todos se aproximaram da tela. Era de um realismo inexplicável. Pinceladas perfeitas, traços precisos executados por uma mente genial.

— Sempre fui um estudioso das obras de Da Vinci — adiantou Leonardo. — Me interessei pelas suas obras na minha infância, pelo fato de minha mãe ter me batizado com o nome deste famoso polímata. Desde então passei a estudar sobre as invenções deste genial artista. Posso lhes assegurar que essa obra é autêntica. Notem que a mulher da pintura tem uma expressão enigmática e hipnotizante. Uma obra capaz de causar inveja aos admiradores de *La Gioconda*. Esses traços são característicos nas pinturas de Leonardo da Vinci, em especial a paisagem de fundo, cujo horizonte à direita é mais baixo do que o da esquerda, além da composição baseada na pirâmide, mesma técnica utilizada na pintura *A virgem dos rochedos*, além, é claro, dos característicos contrastes de luz e sombra.

Natália percebeu que os olhos de Leonardo ficaram marejados até que não conseguiu conter as lágrimas.

— A única inconsistência é minha filha, que não sei como tornou-se parte desta pintura — disse Leonardo, enquanto com os dedos acariciava diretamente na tela o rosto de Melissa.

— Interessante — respondeu Doutor Yohanssem. — Quando podemos começar nosso trabalho?

Leonardo virou-se para os pesquisadores enquanto secava as lágrimas com a manga da camisa.

— Vocês podem começar quando quiserem. Só peço que não danifiquem a tela e não a retirem da parede. Quero que ela permaneça exatamente como está.

Natália aproximou-se do pequeno grupo.

— Acho que devemos nos revezar para analisar a tela. Padre Paulo, o senhor fica com período da tarde. Eu e Doutor Yohanssem ficamos com o turno da noite, o qual podemos prolongá-lo até a madrugada. Padre Paulo consentiu, com um sorriso sereno.

— Acho que seria interessante nos reunirmos pela manhã para discutirmos os resultados de nossa análise — adiantou padre Paulo.

— Ótima ideia, padre! Estamos combinados — afirmou Natália.

Leonardo aproximou-se do grupo.

— Lembrem-se — acrescentou Leonardo enquanto entregava um *pen drive* a cada um dos convidados. — Neste *pen drive* estão todas a gravações de minhas câmeras, os vídeos fornecidos pela empresa de segurança e as imagens registradas pelas câmeras da rua. Todas as imagens são da mesma hora em que ocorreu o evento. Estarei no escritório caso necessitem de meu auxílio. Sugiro que aproveitem o dia para descansar — falou Leonardo, retirando-se para o quarto, com o coração apertado de saudades da filha.

***

Uma linda loira aproximou-se de padre Paulo. Estava nua, os peitos com os mamilos rosados e eretos eram um convite para momentos de prazer. Os longos cabelos encaracolados destacavam a silhueta curvilínea com traços perfeitos, de causar inveja até em Afrodite. Paulo a reconheceu. Temia se ferir outra vez...

Era Letícia, um amor antigo e encarcerado em uma cela escura, nas profundezas do coração. Um relacionamento que perdurou até o noivado, mas que deixou cicatrizes e tristes recordações que o assombraria pelo resto da vida.

A linda mulher aproximou-se de Paulo. Ele estava ereto. Uma parte tentava lutar contra a tentação, mas não conseguia lembrar-se de que era um padre, e que havia entregado a alma a Ele.

A ex-noiva era ninfomaníaca e não tinha culpa da patologia que a tornava em uma mulher com compulsão sexual. Paulo sabia das diversas traições na época do namoro, comentadas pelos amigos, mas relutava em acreditar que a mulher que tanto amava fosse incapaz de se controlar. A gota d'agua havia sido a viagem para comemorarem o noivado, em um belo *resort* em Recife, que ao chegar no quarto flagrou a futura esposa transando com o segurança do hotel.

Paulo tinha consciência de que havia terminado com Letícia, mas o coração era mais forte do que a razão, que era onde trancava a sete chaves um amor verdadeiro que a cada dia lutava para suprimi-lo. A enorme decepção após o termino do relacionamento o fez mergulhar nos estudos. Graduou-se em Teologia, terminado o curso candidatou-se ao seminário e após oito anos de dedicação exclusiva ordenou-se.

Mas ela estava diante dele, como nas outras vezes. Do jeito que sempre o encantava. Recordou-se das aventuras sexuais com Letícia, onde custava a dar conta do recado. Relutava para não se sucumbir a ex-noiva, mas como um vulcão fervia pronto para explodir em profundo deleite.

Letícia, como se montasse em um cavalo, sentou-se sobre a genitália de Paulo. Ele sentia o calor em seu membro tornar-se mais forte, mais intenso. Queria penetrá-la e resgatar o tempo perdido.

Até um som estranho parecendo um *bip* começou a ecoar. Foi então que padre Paulo acordou, com o *laptop* aquecendo a genitália. Havia caído no sono após horas analisando as imagens que Leonardo havia fornecido. Estava cansado e o corpo de 68 anos de idade já não era como de outrora, ainda mais após uma viagem. Tirou o *laptop* do colo, olhou para o relógio digital na estante do quarto que marcava 14h. O dia havia passado e sequer havia saído do quarto para almoçar.

— Obrigado Senhor por eu não ter sucumbido ao pecado — disse para si mesmo.

Pegou o terço nas mãos e retirou da ponta do crucifixo uma pequena tampa que escondia a base pontiaguda. Despiu-se da camisa, ajoelhou-se e com a ponta do crucifixo perfurou o antebraço, que começou a sangrar. Ao lado da nova perfuração havia mais seis pontos cicatrizados. Continuou de joelhos, enquanto lutava para conter o choro. Decidira que iria investigar a pintura no dia seguinte, preferiu manter jejum.

Naquele momento tinha apenas um objetivo: pedir perdão ao coração cuja saudade era uma mistura de...

Lágrimas e sangue

◇◇◇

O dia praticamente havia passado. Padre Paulo preferiu manter-se em isolamento espiritual no resto da tarde, de forma a encontrar energia e fortalecer a própria fé, preparando-se para os desafios que pudessem surgir.

Natália e Doutor Yohanssem haviam preparado os equipamentos na parte da manhã e, após almoço, seguindo o conselho de Leonardo, aproveitaram para dormir e recuperar-se do desgaste do cansaço imposto pelas longas horas de voo. Acordaram por volta de 17h e passaram horas analisando as imagens das câmeras de segurança fornecidas por Leonardo.

— Yohanssem, em todas as imagens Melissa desaparece junto com o espectro de luz, como se fosse absorvida pela pintura. A tela age como se fosse um portal, que permite a conexão com outra dimensão — afirmou Natália.

Yohanssem coçou a longa barba branca, sem tirar os olhos do vídeo no *laptop*.

— Existe uma grande probabilidade de que você esteja certa. Porém, podemos estar presenciando uma manifestação sobrenatural verdadeira. Preste atenção nisso — disse, enquanto retrocedia o vídeo.

— Porque essa certeza, Yohanssem? — perguntou Natália, enquanto com um elástico prendia o cabelo longos que caiam nos olhos.

— Simples, Natália. Preste bem atenção na imagem. Vou exibir os dois vídeos em câmera lenta. Quero que você concentre sua atenção na quina superior esquerda da moldura. — disse enquanto pressionava o *play* do reprodutor de vídeo.

Natália matinha os olhos vidrados na tela, porém foi incapaz de detectar alguma alteração ou fenômeno.

— O que tem de errado com a moldura? Está da mesma forma — afirmou Natália.

Doutor Yohanssem balançou a cabeça consentindo a afirmação de Natália.

— Exato, Natália! Você está coberta de razão. Essa é a única parte da moldura que conseguimos observar. As demais quinas foram encobertas pela intensa luminosidade emitida pelo espectro que capturou Melissa. Note que essa parte da moldura permanece imóvel durante todo o tempo em que ocorre o evento sobrenatural. Isso indica que as pinturas não foram trocadas e, com certeza, se o vídeo tivesse sido editado, seria mandatório encobrir esta parte da moldura para que pudessem fazer a troca dos retratos sem que alguém percebesse.

— Você tem razão, Yohanssem. Deixei escapar este detalhe — afirmou Natália, enquanto executava o outro vídeo fornecido pela empresa de segurança. — De fato a moldura não se move, permanece intacta o tempo todo, até mesmo nas imagens fornecidas neste outro vídeo.

Yohanssem fez algumas anotações no pequeno bloco de notas que havia retirado do bolso.

— Natália, vou preparar os equipamentos e gostaria que você fosse instalar os sensores de calor e as câmeras de infravermelho no corredor. Não se esqueça dos sensores de movimento nas proximidades da tela.

— Está bem, vou instalá-los — respondeu Natália, arrastando uma imensa mala de alumínio com rodinhas em direção ao corredor.

Olhou para o relógio de pulso que marcava 21h.

"Tenho que me apressar", afirmou para si mesma enquanto abria a volumosa mala que revelou diversos equipamentos de altíssima tecnologia.

Natália lotou o corredor de cabos, todos direcionados ao quarto de visitas. Instalou as câmeras de infravermelho, o espectrômetro e os detectores de movimento conforme Yohanssem havia pedido. Faltava apenas instalar os detectores de pressão, que no caso de alguém tentar remover a pintura, iria disparar um alarme e ativar todos os sensores.

Aproximou-se da tela, olhou para o rosto de Melissa. Era uma bela menina, de aproximadamente sete anos de idade, com longos cabelos lisos e pretos que realçavam com a pele branca. A pintura, aparentava ter sido feita a óleo sobre tela. Os olhos verdes de Melissa eram hipnotizantes. A obra de arte era de um hiper-realismo artístico fantástico.

Notou um líquido transparente escorrendo pela tela, que brotava dos olhos de Melissa. Natália aproximou-se para olhar mais perto, os olhos da garotinha começaram a avermelhar e pareciam que estavam vertendo lágrimas.

— Isso não pode estar acontecendo! — disse em voz baixa, enquanto correu em direção a uma das caixas de alumínio e pegou um cotonete esterilizado com uma lâmina de microscópio e coletou com todo cuidado a amostra do líquido, colocando-o na lâmina.

A passos largos, seguiu até o quarto de visitas.

— Yohanssem, você não vai acreditar. Enquanto instalava os sensores de pressão, a tela com a imagem da menina começou a verter um líquido dando a impressão de que Melissa estava chorando. Coletei a amostra do líquido.

— Excelente! Preciso ver isso de perto — afirmou Doutor Yohanssem seguindo em direção a uma das caixas de alumínio. Pegou uma embalagem com uma seringa e uma lupa e foi até a pintura.

Yohanssem aproximou-se do retrato. De fato, havia um líquido incolor que estava acumulado em um dos olhos da pintura de Melissa, que observou com o auxílio de uma lupa.

— Incrível! — disse Yohanssem. — Os olhos parecem ser reais! — afirmou enquanto abria a embalagem da seringa, retirando a agulha.

Natália não entendia a intenção de Yohanssem, que continuava a examinar a pintura com o auxílio da lupa.

— Natália, preciso de outra lâmina de microscópio.

— Doutor Yohanssem, já colhi a amostra — afirmou Natália sem compreender qual era o objetivo do mestre.

Yohanssem olhou para Natália, com as maçãs do rosto avermelhadas, enquanto ajustava os óculos com a lupa.

— Preciso de uma lâmina de microscópio! — enfatizou com rispidez.

Natália sem questionar seguiu em direção a caixa de alumínio e retirou de uma embalagem uma nova lâmina e caminhou na direção de Yohanssem, que observava a pintura minuciosamente.

— Aqui está, Yohanssem — disse sem compreender a intenção do mestre.

Yohanssem sorriu. Abriu a embalagem e cuidadosamente aproximou a ponta da agulha no antebraço de Melissa que estava de mãos dadas com a mulher da pintura.

— Doutor, temos um acordo de que o senhor não irá danificar a pintura — disse Leonardo aproximando-se de Yohanssem e de Natália.

Yohanssem virou-se para Leonardo esfregando acidentalmente o imenso abdome em Natália.

— Leonardo, não estou danificando a tela. Sequer cheguei perto de causar algum dano.

Antes que Yohanssem concluísse suas justificativas, Natália olhou assustada para o mestre.

— Yohanssem, olhe! — exclamou Natália ao perceber uma pequena gotícula vermelha se formando no local que havia sido espetado por Yohanssem.

— O que está acontecendo? — perguntou Leonardo sem compreender a estranha movimentação.

— Rápido, Natália! Colete uma amostra e coloque na lâmina! — ordenou Yohanssem observando com a lupa os detalhes do local onde se formava a pequena gotícula.

Leonardo não compreendia, a razão pela qual Natália com um cotonete retirava uma gotícula vermelha de tinta que brotava na pintura, no antebraço da criança. Olhou para Melissa e teve a impressão de que a expressão da filha havia mudado. A expressão agora era uma mistura de medo e tristeza.

— Iremos analisar a tinta que encontramos na tela — afirmou Yohanssem. — Pode ser um resquício de uma pintura sobreposta. Em breve lhe comunico o resultado.

Leonardo voltou para o quarto cabisbaixo. Desejava o bem-estar da filha, no lugar que ela estivesse. A preocupação com Melissa fazia com que colocasse de lado as lembranças da esposa, que a cada dia se tornavam mais distantes.

Natália pegou o microscópio eletrônico e o conectou diretamente ao *laptop*, e colocou a lâmina com o líquido transparente para ser analisado. Na tela de alta definição, surgiu uma imagem que parecia uma paisagem da topografia terrestre.

— Enzimas, água, sal e... inacreditável! — exclamou Yohanssem, admirado com pequena estrutura que o fez retirar a caneta do bolso e apontar para a tela, mostrando-a a Natália, que observava sem compreender.

— O que é isso, Doutor Yohanssem? — perguntou Natália, tentando identificar a estrutura que se assemelhava ao cristal.

Yohanssem coçou a longa barba branca enquanto batia com a ponta do lápis sobre a estrutura que acabara de identificar.

—Natália, isso é um anticorpo humano que aparece na composição de nossas lágrimas. Agora o espantoso é que tive conhecimento de que uma fotógrafa chamada Rose-Lynn Fisher, que apresentou um projeto no ano de 2013 com o título de *The Topography of Tears*, ou em bom português "A topografia das lágrimas", na qual ela fotografou com auxílio da microscopia eletrônica mais de 100 lágrimas diferentes, e em momentos emocionais distintos e ela encontrou um resultado espantoso.

— Espantoso? O que há de estranho em uma lágrima? São todas iguais.

Yohanssem sorriu, enquanto abria o navegador da internet em outro *laptop* e digitava o título da pesquisa. Surgiram diversos *sites*, mas Yohanssem entrou no *site* oficial da fotógrafa, onde havia diversos tipos de fotos de lágrimas, observadas pela microscopia eletrônica.

— Engano seu, Natália. Essa fotógrafa descobriu que a estrutura da lágrima se comporta de forma exclusiva modificando sua estrutura de acordo as emoções humanas.

— Você quer dizer que as lágrimas de tristeza são diferentes das lágrimas de felicidades?

— Exato! Isso pelo ponto de vista da microscopia eletrônica. O interessante é que a imagem que você coletou do retrato de Melissa se assemelha muito com essa estrutura — afirmou Yohanssem enquanto mostrava a estrutura de uma lágrima de tristeza, conforme aparecia no *site* da fotógrafa.

— Verdade! São idênticas!

Yohanssem retirou o bloco de notas do bolso e fez algumas anotações.

— Vamos analisar a lâmina com o pigmento vermelho que coletei.

Natália pegou a lâmina que havia preparado. Yohanssem a colocou no microscópio e diversas imagens vermelhas semicirculares e bicôncavas surgiram.

— Isso não pode ser real! — exclamou Yohanssem, espantado com o que via, enquanto a assistente mostrava um olhar intrigado tentando compreender o que via.

— Natália, temos diante de nossos olhos diversas imagens de hemácias, também conhecido como glóbulos vermelhos. É inacreditável! — falou Yohanssem enquanto repetia o ritual de retirar o bloco de notas e fazer mais anotações. Estamos diante de um verdadeiro fenômeno de parapsicologia.

O doutor retirou a lâmina do microscópio e pegou três frascos com reagentes, pingou em partes específicas da lâmina e as colocou no microscópio. Em instantes houve aglutinação dos três reagentes.

— Isso não pode ser real. Os três reagentes aglutinaram! — exclamou Yohanssem, surpreso.

— O que eram esses reagentes, Doutor Yohanssem? — perguntou Natália sem compreender o que estava ocorrendo.

Yohanssem tentava absorver a situação, enquanto o volumoso abdome fazia a mesa que sustentava o *laptop* balançar de um lado a outro, provocando um certo receio em Natália, que temia que o *laptop* fosse a qualquer momento ao chão, juntamente com a tese que faltava pouco para finalizar.

Yohanssem tinha uma obstinação pelo desconhecido que o impulsionava a mergulhar na pesquisa. Sofrera *bullying* desde pequeno o que o transformou em uma pessoa reservada e o fez mergulhar no universo dos livros. Não se incomodava em ser comparado com o Papai Noel pelos alunos das aulas que ministrava na faculdade, apesar de nunca ter acreditado no bom velhinho e ter vivido uma infância sem presentes. Por outro lado, pela primeira vez via surgir bem diante dos olhos a oportunidade de ser aclamado e respeitado pelo mundo inteiro diante da recente descoberta. Bastava fazer uma pergunta a Leonardo, pai de Melissa, e teriam a confirmação de que estavam diante de um verdadeiro fenômeno sobrenatural. Seus pensamentos iam além... Estava próximo de encontrar a chave de acesso a uma outra dimensão. Se o fizesse com êxito, colocaria em xeque diversas teorias, revelando a existência de um universo paralelo ao nosso. O assustador é que esse novo universo poderia estar escondido no *Retrato de Camille Claire*. Precisava documentar as informações, o futuro começava a se projetar nos olhos de Yohanssem, na forma de um Prêmio Nobel. Em meio a um turbilhão de pensamentos, percebeu que a assistente almejava por uma resposta a uma pergunta que havia feito.

— Natália, aquela gota vermelha que coletamos é sangue humano. A aglutinação que você acaba de ver no microscópio em três pontos distintos, é a confirmação de que estamos manuseando uma lâmina com sangue AB positivo. Precisamos verificar com Leonardo se o tipo de sangue de Melissa é o mesmo, pois se for, realmente a menina da pintura pode ser a filha dele. É claro que antes de fazermos qualquer afirmação, terei que encaminhar o material para análise de DNA, só que é um exame mais demorado aqui no Brasil, porém irá nos dar resposta com 100% de exatidão.

— Manteremos sigilo do resultado? — perguntou Natália, preocupada com a reação de Leonardo.

— Com certeza. O sigilo faz parte de nossa pesquisa. Divulgar essa informação só iria prejudicar nosso trabalho, estamos no início da investigação.

A conversa foi interrompida por batidas na porta.

Natália caminhou em direção porta, pensando que fosse o padre Paulo, mas o combinado era que os encontros com ele seriam na parte da manhã.

Ao abrir a porta, deparou-se com Leonardo, acompanhado de uma loira de longos cabelos lisos e perfumada. Natália sentiu uma inveja passageira do corpo escultural que a acompanhante de Leonardo apresentava, além, é claro, da forma que ela se vestia. Parecia que ela tinha um especialista em moda para cuidar da maneira de se vestir em tempo integral.

— Natália, permita-me apresentar a mãe de meus filhos.

Olívia aproximou-se estendendo a mão e olhando para Natália com prepotência, observando que ela não era atrativa a ponto de despertar interesse em Leonardo. Sabia que após a morte de Jorge, precisava recuperar o casamento. Tolerava Melissa e Fernando até certo ponto, até onde o próprio esforço permitia.

Não acreditava em instintos maternos, gostava mais de si mesma e não tinha dúvidas que se precisasse optar entre ela e os filhos, com certeza a primeira escolha seria si própria. A atual situação exigia agir com diplomacia, pois o tempo que foi obrigada a ficar na casa dos pais foi o suficiente para descobrir que o pai, apesar de ser um desembargador, estava com uma dívida monstruosa devido o vício pelo jogo, que consumiria todos os bens que havia conquistado. Logo, o pai estava falido e precisava mais do que depressa recuperar o ex-marido, que vinha sofrendo desde o desaparecimento da filha. Temia que Leonardo soubesse da traição, mas não podia permitir que nenhuma piranha se aproximasse do marido e favorecesse a separação.

— Meu nome é Olívia — disse enquanto apertava a mão de Natália — Leonardo me falou que vocês estão investigando o desaparecimento de minha filha.

Doutor Yohanssem saiu da frente do computador, quase derrubando a mesa com a barriga e caminhou em direção a Olívia. Apesar de Leonardo ter relatado na reunião que o casamento passava por turbulência, seria indelicadeza não se apresentar, em especial a esposa da pessoa que o contratara.

— Sim. Eu e Doutor Yohanssem vamos fazer o melhor para tentar encontrar Melissa — respondeu Natália sem deixar de notar o olhar irônico da esposa de Leonardo.

— E eu sou o Doutor Yohanssem, é uma satisfação conhecê-la.

Olívia olhou para Yohanssem a ponto de sentir pena. Um velho gordo e barbudo, e que talvez no final de ano devia fantasiar-se de Papai Noel e sair distribuindo doces a crianças menos afortunadas. Tinha que ser delicada, pois sabia que as pessoas que o marido havia contratado eram medidas extremas, na busca de respostas em que os detetives falharam.

— Prazer em conhecê-lo, Doutor Yohanssem. Não queremos atrapalhar o trabalho de vocês. Hoje vou ficar em casa e estou disposta a ajudar no que for preciso para ter minha filha de volta.

Leonardo aproximou-se de Natália e de Yohanssem.

— E eu vou dormir na sala de estar. A propósito, já analisaram a amostra de tinta da tela?

Natália e Yohanssem se entreolharam.

— Amanhã iremos encaminhá-la para o laboratório. O resultado deve sair em uma ou duas semanas.

— Está bem. Assim que tiverem qualquer resultado me comuniquem. Quero ser informado sobre qualquer descoberta que me permita localizar minha filha.

Antes que Leonardo saísse, Yohanssem se aproximou.

— Qual é o tipo de sangue de Melissa? — perguntou já conhecendo a resposta.

Leonardo coçou o cocuruto.

— Se não me engano é AB positivo — respondeu. — Porque precisam desta informação, vocês encontraram algum respingo no chão que os detetives possam ter deixado escapar?

— Não encontramos nenhum vestígio de sangue, apenas protocolo. Quanto mais soubermos, melhor.

Leonardo ergueu os ombros e saiu.

Natália continuou a analisar as lâminas com Doutor Yohanssem. Algumas horas depois, dominada pelo sono e pelo cansaço, retirou-se para o quarto de Melissa, onde em poucos minutos caiu no...

Mundo dos sonhos

◇◇◇

O relógio marcava uma hora da madrugada. Ao lado do corredor com as portas fechadas que finalizava com a parede, havia o retrato de uma mulher loira de mãos dadas com uma criança.

Todos dormiam em seus respectivos aposentos, exceto Leonardo, que havia trocado o conforto do quarto e a companhia de Olívia pelo sofá da sala.

Os sensores térmicos registravam a temperatura da pintura de 12°C, com pequenas variações apresentadas no decorrer do dia. De forma inexplicável, os números do *display* registravam variação na temperatura, chegando a 37,3°C, diante da pintura, ocorria uma explosão de partículas coloridas, semelhantes a pontilhados luminosos, que como flocos de neve caiam ao chão construindo a imagem de uma bela mulher com um longo vestido azul, que flutuava sob o piso do corredor. As câmeras registravam uma concentração de energia que se deslocava pelo corredor em direção ao quarto de Olívia, imperceptível aos detectores de movimento. Transpassou a porta do quarto, da mesma forma que sol atravessa o vidro em uma manhã de verão.

Olívia dormia, sob as asas suave da medicação que regularmente fazia uso. A dependência dos remédios tornou-se mais acentuada após a morte de Jorge e o risco do término do casamento.

O espectro luminoso pairou sob a cabeça de Olívia, que dormia abraçada ao travesseiro macio. Milhares de pontos luminescentes, bailavam de lado a outro, semelhantes a um show pirotécnico, até fundirem-se, transformando-se em uma bola luminosa que em poucos segundos penetrou no corpo de Olívia até desaparecer por completo.

Neste momento, Olívia abriu os olhos e levantou-se da cama, enquanto a verdadeira Olívia continuava adormecida em algum lugar deste vasto universo.

As curvas sinuosas destacavam-se no *baby-doll* branco. Possuída por uma energia misteriosa, ela caminhou em direção ao quarto do padre Paulo estava enquanto algumas câmeras especiais eram acionadas pelos detectores de movimento.

Abriu a porta, padre Paulo sonhava com o antigo amor do passado. Letícia, a ex-namorada ninfomaníaca, que foi capaz de sacudir seu coração e enclausurá-lo no celibato pelas frustrações do amor não correspondido e das sucessivas traições. A imagem da mulher que sempre o atormentava ressurgia mais uma vez nos sonhos. Linda, nua, loira com belos e hipnotizantes peitos. Queria afastá-la e não se sucumbir a deliciosa tentação que entorpecia os sentidos e o distanciava da razão.

"Isso não é real... É pecado se entregar a um sonho tão especial, movido pelo verdadeiro amor?", pensou na dimensão do sonho enquanto lutava contra si mesmo. Após relutar contra o subconsciente, foi aprisionado pelos próprios pensamentos.

O corpo possuído de Olívia aproximou-se, deixou a camisola cair, revelando mamas brancas e mediamente volumosas. Tirou a calcinha e aproximou-se de Júlio, que estava ereto enquanto viajava em sua particular dimensão onírica.

Padre Paulo sentiu o corpo de Letícia, enquanto Olívia cavalgava sobre o celibatário homem, em movimentos inconscientes e contínuos, num momento puro de êxtase.

Paulo continuava a sonhar, o mundo dos sonhos era mais real do que era capaz de imaginar. Conseguia sentir o calor do corpo da amada Letícia e do perfume que o inebriava.

Esse sonho não pode acabar! Que saudades de você, minha querida Letícia! — disse o padre à onírica imagem da mulher que, nua, o conduzia a uma nova e prazerosa dimensão esquecida desde o dia que se confinara ao celibato.

Paulo sentiu o beijo de Letícia, no momento que atingia o ponto máximo do prazer. O suave beijo trazia uma realidade maior do que jamais sonhara. Até que despertou do sonho e abriu os olhos.

Estava confuso, ainda inebriado por uma mistura de sono e êxtase, mas mesmo na penumbra, ainda sentia que Letícia estava nua sobre ele. Então uma mão suave e delicada lhe afagou o rosto.

Coçou os olhos, sonolento repetia a si mesmo: "Isso só pode ser um sonho."

Tateou o lado da cama, assustado tentando compreender o que estava acontecendo, ou quem sabe acordar, mas o sonho havia sido tão bom! Deixará de lado o celibato, ao menos enquanto sonhava. Encontrou o interruptor ativando a iluminação que se encontrava atrás da cama. O sonho parecia não querer acabar, pois sentia o peso e o calor de uma mulher que copulava sem interrupção, assim como Letícia…

— Oh, Letícia! Minha doce e ninfomaníaca, Letícia! — murmurou até as que luzes do quarto se acenderam e foi tomado por um imenso susto.

Nua e copulando consigo estava Olívia, a esposa de Leonardo. Num ímpeto de reflexo, empurrou-a para o lado.

— O que é isso? O que você está fazendo? — esbravejou enquanto subia a calça do pijama que estava abaixo do joelho.

Olívia ficou inerte caída na cama. Olhou para padre Paulo, com o semblante pálido e frio como o mármore.

— Você é o demônio! — afirmou o padre, olhando para Olívia que exibia o belo corpo nu.

De forma inexplicável, um clarão com milhares de pontos cintilantes saíram pela boca de Olívia formando uma imagem humana e disforme, fazendo com que padre Paulo, por um instante se recordasse de Letícia, enquanto o corpo de Olívia, inconsciente, rolou para lado e despencou da cama em direção ao chão.

A imagem luminosa, em um piscar de olhos transpassou pela porta até desaparecer.

"Deus! Isso não pode estar acontecendo. Como eu vou explicar isso?", pensou enquanto olhava o corpo nu e inerte de Olívia caído ao lado da cama. As pressas, vestiu a camisa amarrotada do pijama.

Confuso, aproximou-se de Olívia e percebeu que ela respirava. Pegou a calcinha jogada ao lado da camisola, a vestiu em Olívia e a cobriu com o lençol que estava enrolado sobre a cama.

Saiu do quarto a procura de Leonardo. Ao passar pelo corredor, viu que o relógio marcava 1h30m. Os pensamentos transformaram-se em uma onda gigante de confusão, enquanto a culpa dominava as profundezas da própria alma, aliado a certeza de que havia cometido o pior dos pecados.

Dirigiu-se até a sala de estar, acendeu as luzes e viu que Leonardo Fontes dormia sentado em um sofá, segurando o porta-retratos com a foto da filha.

"Eu destruí essa família…", pensou Padre Paulo.

Aproximou-se de Leonardo, retirando de suas mãos o porta-retratos e o colocou na pequena mesa de apoio ao lado do sofá.

— Leonardo, preciso de sua ajuda — disse com a voz entrecortada, enquanto tentava encontrar uma explicação plausível sobre o havia acontecido. Precisaria omitir a verdade, mas se o fizesse estaria mentindo e cometendo outro pecado. Já não era mais puro e nem digno de usar a batina.

Leonardo deu um pulo no sofá.

— O que foi? — perguntou assustado enquanto os olhos tentavam se adaptar com a luz.

Padre Paulo parecia aflito. Estava com as mãos trêmulas.

— Sua esposa está no meu quarto. Parece que desmaiou. Não à vi entrar.

— O que Olívia foi fazer no seu quarto? — perguntou Leonardo, levantando-se do sofá.

— Não sei, parecia que ela estava possuída ou na melhor das hipóteses sonambulismo. Ela entrou no quarto, ficou calada e depois desmaiou. Antes que ela desmaiasse, vi uma nuvem de luzes brilhantes saírem do corpo dela e atravessar a porta em direção ao corredor. Tenho certeza de que ela estava possuída. Jamais vi em minha vida um fenômeno inexplicável como o de hoje.

— Ela está desacordada? — questionou Leonardo, com o semblante de aflição.

— Sim, mas está respirando.

Leonardo ficou calado e saiu em disparada ao encontro da esposa.

Ao chegar no quarto viu Olívia, deitada no carpete, coberta com um lençol. Padre Paulo entrou a seguir.

— Padre, me ajude a colocá-la na cama.

O Padre permanecia calado, aprisionado entre dois universos distintos, o da verdade e o da mentira.

Ajudou Leonardo a colocá-la na cama, ainda enrolada no lençol.

— Rápido padre, peça ajuda. Acorde o Doutor Yohanssem! Ele é médico e saberá o que fazer.

Antes que o padre Paulo abrisse a porta, Doutor Yohanssem e Natália apareceram.

— O que aconteceu com ela? Os detectores de movimento foram acionados e houve uma variação térmica inexplicável na área da pintura. Melissa apareceu?

— Olívia entrou em meu quarto e desmaiou. Não sei o que aconteceu, por isso fui chamar Leonardo — disse Padre Paulo, colocando os óculos tornando a visão mais nítida.

Doutor Yohanssem aproximou-se de Olívia e a descobriu.

— Rápido Natália, traga minha bolsa para que eu possa examiná-la melhor.

Natália saiu a passos largos em direção ao quarto de visitas, enquanto Doutor Yohanssem avaliava a respiração e checava o pulso de Olívia.

Em poucos minutos Natália voltou com uma pequena valise. Doutor Yohanssem a abriu e retirou o material que necessitava e após alguns minutos e um minucioso exame clínico, olhou para o marido de Olívia.

— Leonardo, parece que está tudo bem com ela. Ela respira espontaneamente e os dados vitais estão normais. Ela está fazendo uso de alguma medicação?

Leonardo coçou a cabeça.

— Não sei, Doutor Yohanssem. Como lhe falei estamos passando por um período de crise.

Yohanssem olhou para Natália, que compreendeu a intenção do velho mestre.

Natália foi até o quarto de Olívia e em alguns minutos voltou com duas embalagens de plástico, com os comprimidos pela metade.

— Encontrei esses remédios ao lado da cama de Olívia.

Yohanssem examinou as embalagens. Eram dois medicamentos diferentes, um antidepressivo e um sonífero.

— Ah, sim... Estas medicações são bem fortes — afirmou Doutor Yohanssem. — Para quem não está acostumado, a medicação tem um efeito intenso, ainda mais quando se está no início do tratamento.

— Mas por qual razão ela saiu do quarto? — perguntou Leonardo.

— Talvez ela tivesse saído para ir a seu encontro e passou mal, bem na frente de meu quarto e entrou para pedir ajuda, pensando que você estive aqui — adiantou Padre Paulo.

Doutor Yohanssem percebeu uma certa apreensão no modo que o padre Paulo falava, e que ele estava com as mãos trêmulas.

Ao observar Olívia, notou um detalhe que lhe chamou a atenção. A calcinha que Olívia estava usando, havia sido vestida ao contrário, e parte lateral do elástico estava enrolada, como se alguém a tivesse vestido às pressas. Preferiu ficar calado e esperar que Olívia acordasse para tirar as suas conclusões. Por outro lado, a informação de Natália o colocava em xeque; a elevação de temperatura de forma abrupta nas proximidades da tela.

— Vamos esperá-la acordar, Leonardo. Tenho certeza de que ela terá uma explicação plausível — respondeu Doutor Yohanssem, fechando a valise.

— Vamos levá-la para meu quarto. Vou ficar ao lado dela durante a noite, caso ela necessite — afirmou Leonardo.

Com a ajuda de Yohanssem, padre Paulo e Natália carregaram Olívia até o quarto do casal.

Olívia parecia estar em um sono profundo, exceto por algumas palavras incompreensíveis que havia dito enquanto estava sendo carregada.

Sem perceberem, eram acompanhados no corredor pelo movimento dos olhos da bela mulher que tinha um sorriso discreto na pintura a óleo sobre tela.

**

Padre Paulo voltou para o quarto sobre o olhar inquisidor do Doutor Yohanssem, deixando Olívia aos cuidados do marido.

Como clérigo, sabia que havia maculado todos os juramentos. Em apenas uma noite havia cometido dois graves pecados: teve relações sexuais com a esposa de Leonardo, além de mentir sobre o que realmente havia ocorrido. Isso era um, dois pecados, e dos mais graves.

Lembrou-se do olhar de desespero de Leonardo, um bom homem que passava pelo maior dos conflitos: o de perder a filha que tanto amava e do casamento que se deteriorava. Sim, tornara-se impuro. Deixará de ser o representante divino e sucumbira-se as ardilosas armadilhas do mal...

A confissão seria a absolvição dos pecados, mas não purificaria a consciência. Apenas encobriria o eterno remorso. Levantou-se da cama e caminhou cabisbaixo até o banheiro.

—Eu sou impuro... Não sou o representante de Deus, e sim do mau... Pobre Leonardo! Por que fraquejei? — disse em voz baixa, olhando para a asquerosa imagem que surgia no espelho. — Você é podre, Paulo. Causou sofrimento a estas pobres pessoas! — exclamou com um movimento de supetão, atingiu o espelho com a própria fronte fazendo com que trincas surgissem e se dissipassem como rachaduras na superfície de um lago congelado.

Estava zonzo. Olhou para o sangue que escorria no vidro estilhaçado, enquanto os olhos ardiam pelo contato com o sangue viscoso e quente Lembrou-se de Letícia...

"Minha amada e doce Letícia!", pensou enquanto via a imagem da ex-namorada ninfomaníaca formar-se no espelho, cujas trincas pareciam uma teia de aranha. Era impossível controlar a ereção. Sabia que mais uma vez estava se sucumbindo ao mal.

— Isso tem que acabar! Eu sou um homem de Deus! — disse com a voz rouca para a imagem de Letícia que, nua, se insinuava com o corpo perfeito.

Padre Paulo pegou um grande estilhaço pontiagudo, mais aguçado do que a faca de um açougueiro. Com uma das mãos encostou o estilhaço no pescoço e com a outra mão acariciava o belo rosto de Letícia que se materializava apenas para seus olhos.

— Me perdoe, querida. Eu sempre vou te amar!

Letícia riu, e seguir e começou a chupar o próprio dedo. Paulo mais uma vez lutava para controlar o desejo de possuí-la. Antes que se entregasse, com o estilhaço rasgou o próprio pescoço. Sentiu o sangue jorrar ao mesmo instante que foi tomado por uma avassaladora vertigem.

Colocou a mão ensanguentada no espelho quebrado. Queria tocar o rosto de Letícia, uma última vez, porém cada vez ia ficando mais distante, como se estive sendo envolvida por uma nuvem, até desaparecer.

À medida que a mão de padre Paulo deslizava no espelho partido, formava-se um rastro de sangue até o corpo tombar inerte sobre o piso do banheiro, enquanto o destino lhe oferecia a eterna...

Redenção

◇◇◇

Na fria escuridão, Melissa caminhava como se estivesse andando pelo vazio. Estava em um mundo desconhecido em preto e branco, separado do mundo real por uma estrutura transparente, semelhante a um vidro inquebrável.

Os gritos de socorro não tinham resposta. Era incapaz de ouvir a própria voz. Parecia que as pessoas do outro lado não conseguiam escutá-la, exceto por uma estranha mulher que usava um vestido azul, que as vezes aparecia para lhe acalentar. Viu o pai, caminhando pelo corredor — aliás, o corredor era a única imagem visível e intransponível que quebrava a escuridão — junto com algumas pessoas que não conhecia, e o mais inusitado era que tinha um homem que parecia o Papai Noel. Chegou a ver a mãe sendo carregada por essas pessoas até o quarto, e tentava compreender o que acontecia no corredor da própria casa.

Melissa admirava a mãe porque ela era bonita, sabia se vestir bem, tanto que desejava ser como ela quando ficasse mais velha. Só não gostava dos beliscões, dos tapas que a mãe lhe dava, pelo menos até o pai voltar do trabalho. Quando ele estava presente sabia que nada de mal iria lhe acontecer. Lembrou-se do dia que a mãe a empurrou da escada na casa da avó, e que chegou a quebrar um braço. Olívia disse que se ela contasse para alguém, iria apanhar mais. Recordou-se da dor, ai como doía... Demorou até que o pai descobrisse que o braço estava ficando inchado, de uma cor diferente e a levasse até o hospital. O pai e o médico insistiam em saber o que havia acontecido, só que não podia dizer a verdade, senão seria castigada. Isso sempre acontecia. Lembrou-se do dia em que foi queimada pela mãe com o isqueiro e outra vez a fez mentir, dizendo que era muito travessa e que estava brincando com fogo.

"Papai... Que saudades de você papai!", recordava-se enquanto flutuava de um lado para o outro como o astronauta do livro da escola, que como uma pipa no espaço ia de um lado a outro, só que bem devagar. Talvez estivesse presa em um sonho ou em um pesadelo. Pelo menos, ali onde estava não sentia fome, a parte boa é que estava de férias dos beliscões da mãe.

Seus pensamentos foram interrompidos quando viu surgir da escuridão uma mulher que brilhava. Estava usando um longo vestido azul claro, era loira e bem mais bonita do que Olívia. Diferente da mãe, a estranha mulher lhe trazia segurança.

— *Olá, minha querida! Você está bem?* — A voz da mulher entrou direto nos pensamentos de Melissa, mas a menina sabia que não era voz. A estranha mulher conversava com a mente.

— *Eu quero meu pai. Moça, por favor, me leva até ele!* — pensou Melissa enquanto se segurava para não chorar.

A mulher de vestido azul aproximou-se. Com o dorso da mão lhe afagou o rosto.

— *Fique calma, meu anjo! Você está em meu mudo. Aqui você não irá sentir fome ou dor... E lhe garanto que ninguém irá lhe fazer mal. Sua vinda até meu mundo é para sua proteção e a garantia de sua sobrevivência* — ecoou novamente a voz da mulher em meio aos pensamentos de Melissa.

— *Mas eu quero meu pai! Esse lugar é ruim* — pensou Melissa, comunicando-se através do pensamento.

A mulher com um vestido azul irradiou uma luz intensa.

— *Eu sei... Vivo aqui há anos. Talvez meu mundo não seja o melhor lugar para se morar, mas lembre-se, nada acontece por acaso* — disse com uma voz terna e se dissipou pelo imenso vazio, enquanto a imagem da mulher foi fundindo-se com o a escuridão até desaparecer por completo.

Melissa, começou a chorar. Estava separada do pai que tanto amava por algo que parecia um vidro, inquebrável e intransponível. Continuava a flutuar e gritar, pedia socorro, até que se recordou que naquele lugar a voz havia desaparecido, assim como a esperança.

***

Wihard Asylum for Insane, Nova York

Uma velha televisão exibia a imagem carregada de chuviscos com o som que parecia um antigo disco de vinil arranhado, enquanto pacientes com diversas desordens mentais eram conduzidos para suas respectivas mesas para o café da manhã.

Um estagiário de enfermagem que onipotente ostentava a roupa branca em seu primeiro dia de trabalho, assim como o corpo com a musculatura hipertrofiada, fruto de longas horas de academia. Não era o emprego que sempre sonhara. Cuidar de doentes mentais passava longe dos planos, exceto se não fosse a única forma de garantir o próprio sustento, além, é claro, das noites que vestia a roupa de couro apertada e dançava nas boates gays para incrementar o orçamento. É óbvio que era um segredo, e mesmo usando máscara de látex para dançar, era assombrado pela ideia de um dia ser reconhecido como *stripper*. Odiava trabalhar no hospício e ter que cuidar de pessoas insanas, excluídas da sociedade, que dependiam de desconhecidos para cumprir com as atividades, até as mais básicas como limpar a própria bunda.

— Odeio esse emprego! — repetia em silêncio enquanto auxiliava Circe a se sentar na mesa para o café da manhã, resultado das medicações que a lentificava

Desejava encontrar algum "doido" que tivesse uma história mais sórdida ou quem sabe algum segredo que também o atormentasse, afinal todos têm um segredo a esconder... Pensava, enquanto lia com atenção o prontuário.

> Circe Zuker, 35 anos de idade. Paciente direcionada para avaliação psiquiátrica após ter sido encontrada no domicílio em meio aos próprios dejetos e ter estripado o gato de estimação. Utilizou o sangue do animal para desenhar diversos símbolos. A paciente cuidava da mãe, que era portadora de um avançado tumor ósseo maligno com disseminação cerebral, o que expôs a cuidadora a constantes alucinações persecutórias recorrentes de cunho religioso. Em várias abordagens durante o exame a paciente persiste com desenhos e frases desconexas do tipo: "Somente eu tenho a chave: ASS, 9, 13, EM, 9, IL,9, 13."
> Relato de agressão a força policial de NY e tentativa de homicídio da parapsicóloga Natália Morrys. Após julgamento, a paciente foi considerada incapaz e encaminhada à internação em hospital psiquiátrico para tratamento por tempo indeterminado. Familiares negam comorbidades clínicas.
> Impressão diagnóstica: Esquizofrenia Paranoide.
> Vide prescrição em anexo.

Logo abaixo aparecia a assinatura do Dr. Jonathan Cage, psiquiatra junto com uma lista de medicamentos, que com certeza, seria capaz de colocar até um elefante para dormir.

— Entendo por que você ficou tanto tempo no isolamento batendo a cabeça na parede acolchoada, mesmo presa a camisa de força— disse olhando para Circe, uma mulher que aparentava 45 anos, mulata e com os cabelos raspados, que vestia uma camisola com o número treze.

A paciente parecia estar em outro mundo. Movimentava a cabeça para frente e para trás, como o pêndulo de um relógio.

— Você não quer conversar, não é? — perguntou o estagiário enquanto a copeira servia o leite com cereal de Circe, que continuava indiferente diante da tigela, ignorando o instinto mais básico, o de se alimentar.

— Acho que você terá que ajudá-la! — disse a copeira, aproveitando a oportunidade para falar com o novato mais cobiçado pelas funcionárias no hospício.

— Pois é... — respondeu meio sem graça ao perceber o olhar de assédio da copeira que já beirava os cinquenta anos.

O estagiário colocou a caneta no meio do prontuário para depois checar as medicações. Com paciência segurou a colher de plástico e a mergulhou na tigela, enchendo uma generosa quantidade do leite com cereal que chegava a gotejar sobre a mesa.

— Circe, preciso que você se alimente. A alimentação saudável faz parte de sua recuperação. Vamos fazer isso da forma mais fácil, ok? — disse o novato aproximando a colher na boca da paciente.

A copeira continuou a servir os outros doentes, alguns eram capazes de alimentar-se por si só, enquanto outros necessitavam de ajuda.

Circe mantinha o movimento pendular, alheia ao desjejum.

— Haja paciência... — afirmou o enfermeiro a si mesmo enquanto segurava a colher no ar e aproveitava para olhar de um lado a outro e certificar-se de que ninguém era capaz de perceber sua inexperiência.

— Olha só, eu sei que você entende o que eu falo. Sabe o que vai acontecer se você não se alimentar? Vamos enfiar um tubo de plástico através do seu nariz até que esse tubo chegue no seu estômago. Se você tentar arrancá-lo, iremos te amarrar na cama; toda a comida será enfiada através desse tubo. Você vai ficar cada vez mais fraca, até que não vai conseguir sair da cama e aí vai aparecer um monte de feridas no seu corpo. Aí você terá tempo suficiente para se arrepender por não ter se alimentado, só que será tarde demais — afirmou o estagiário, irritado.

Circe parou com os movimentos. Os olhos percorreram o prontuário médico. Sabia que havia uma caneta em meio ao calhamaço de papéis. Empurrou a tigela dando um banho no novato de leite com o cereal, o estagiário levantou-se de supetão. Os demais pacientes insanos pareciam um banco de homens das cavernas em meio à descoberta do fogo, pulavam e dançavam em volta da tigela vazia caída no chão que rodopiava como um peão já sem força, até parar por completo junto com a mistura de risos e gritos da plateia.

— Segurança! — gritou temendo que Circe se tornasse ainda mais agressiva.

Enquanto o enfermeiro olhava em direção dos seguranças, Circe num piscar de olhos retirou a caneta de dentro do prontuário e a enfiou dentro da calcinha, voltando aos movimentos pendulares, desconectada da realidade.

Em poucos minutos dois seguranças, que pareciam dois brutamontes vestidos de branco, aproximaram-se de Circe esperando que a paciente reagisse. Ela continuou parada, indiferente ao mundo, balançando a cabeça de um lado a outro no mesmo movimento pendular, enquanto o enfermeiro, com a mão, retirava os flocos de cereais que haviam grudado na roupa.

"Sua filha da puta!", pensou o enfermeiro olhando para Circe com o semblante mais insano do que os dos outros pacientes.

— Levem-na para o isolado, até que o Dr. Jonathan chegue e a reavalie. Não será preciso colocar camisa de força — ordenou enquanto olhava para a velha enfermeira chefe que consentiu com uma sutil inclinação da cabeça.

Os dois brutamontes aproximaram-se da paciente, que sem oferecer resistência foi conduzida para a área de isolamento, enquanto os outros doentes voltavam a seus respectivos assentos e sucumbiam-se aos prazeres do café da manhã em meio a risos alucinados que se dissipavam à medida que o desjejum era servido.

Duas horas depois o Dr. Jonathan chegava ao manicômio. Aguardando-o, sentado diante de sua mesa, estava o novo estagiário de enfermagem cheirando a leite azedo.

— Se não me engano você é o enfermeiro novato, certo? — perguntou o Dr. Jonathan enquanto vestia o jaleco do hospital.

— Sim, doutor. Sou novo aqui. Não queria importuná-lo, porém é a respeito da paciente Circe, que ficou agitada e tivemos que colocá-la no isolado.

Dr. Jonathan coçou a careca.

— Circe, Circe... Ah, estou me lembrando. A paciente que foi encaminhada para ser internada nesta instituição, devido a esquizofrenia... Ela saiu ontem do isolamento e já arrumou problemas?

— Sim, doutor. Ela estava agressiva na hora do café. Arremessou a tigela com cereais em minha direção.

— Percebe-se — respondeu o médico com ironia. — Venha comigo, vamos avaliá-la e depois vou pedir a direção para liberá-lo, afinal de contas, você está precisando de um banho.

O enfermeiro sem jeito acompanhou o médico pelo corredor do hospital, em direção ao isolamento sem deixar de acionar os "seguranças" de forma a prevenir eventualidades.

Aproximaram-se da porta do isolamento. Era uma porta blindada, com a parte interna acolchoada. O médico olhou para os seguranças, que pegaram a chave e colocaram na porta até ouvir o clique do destrave. Assim que a porta se abriu, os dois brutamontes recuaram com os olhos parecendo que iam saltar da própria órbita.

— O que aconteceu? — perguntou o enfermeiro aflito, aproximando-se da porta.

Ao olhar para o isolamento havia diversas inscrições feitas com sangue nas paredes brancas e acolchoadas de espuma. Ajoelhada e inerte no meio da sala de isolamento, estava Circe com as mãos sujas de sangue e com a caneta que havia roubado do enfermeiro enfiada quase que completo dentro do olho direito.

O psiquiatra entrou. Seguiu em direção à paciente que jazia como uma estátua de pedra, fria e descorada. Procurou algum sinal de vida, mas era tarde. Olhou para as inscrições, que eram uma mistura de letras e números, exceto por um nome familiar: Natália Morris.

O enfermeiro, ao ver Circe morta, colocou a mão no bolso de forma reflexa à procura da caneta e não a encontrou. Lembrou-se de que ela havia ficado no meio do prontuário e que sequer chegou a fazer as anotações das medicações. Sabia que havia cometido o pior dos erros em uma instituição psiquiátrica. Havia deixado um objeto pontiagudo próximo a um paciente insano.

As noites de *stripper* pareciam ser a melhor opção. Sabia que trabalhar naquele maldito lugar não fazia parte de seus planos, e talvez a morte daquela paciente não passaria apenas de uma mensagem do destino de que dizia que seu tempo ali já havia acabado. A máscara de látex surgia em seus pensamentos como uma luz no fim do túnel. Pensava em fazer programas, afinal, passava horas na academia cuidado do corpo, e quando dançava na boate gay propostas não lhe faltavam.

Olhou para os rabiscos. Aquela arte insana apenas reforçava suas...

Teorias

◇◇◇

A farta mesa do café da manhã estava disposta semelhante a um bufê de hotel, com a diferença de que faltava apenas os garçons para servir, função desempenhada por Doroty, que andava de um lado a outro carregando um bule de metal, que emanava o aroma de café fresco.

Leonardo olhou para o relógio, havia levantado cedo com a ideia de avaliar as descobertas do dia anterior. Passara a noite toda velando Olívia que às vezes falava sozinha, mas não suportava ter que olhar para a mulher que havia lhe traído. Havia plantado no coração todas as formas possíveis de rancor pela esposa, na qual queria se ver livre. Por outro lado, culpava-se pelo desaparecimento de Melissa e tinha a obrigação de fazer o impossível para ter a filha de volta, nem que para isso precisasse renunciar a tudo que havia lutado para conquistar.

— Onde está o padre Paulo? — perguntou Natália, já incomodada pelo atraso.

Por unanimidade foi decidido que se reuniram no café da manhã para discutir as descobertas e pesquisas. A participação do padre Paulo seria primordial, pois ele era um homem experiente além de ser especialista em detectar fraudes.

Leonardo olhou para Doroty, que sem precisar que o patrão abrisse a boca, sabia que deveria ir bater à porta do quarto do padre. Deixando o bule reluzente sobre a mesa, seguiu calada a cumprir a função na qual fora designada.

— Talvez ele tenha perdido a hora... Afinal, não contávamos com o inconveniente provocado por Olívia, que nos tirou da cama — disse Leonardo enquanto colocava os cereais no iogurte.

Doutor Yohanssem permanecia calado. Sabia que padre Paulo estava escondendo alguma informação, apenas aguardava o momento certo para abordá-lo. Estava intrigado com o aumento de temperatura ocorrido durante a noite nas proximidades da tela, mas como cientista tinha que analisar todas as hipóteses antes de elaborar uma conclusão, que a cada dia parecia estar mais próxima.

Até que o grito estridente de Doroty ecoou pelo corredor, fazendo Natália derrubar o café sobre a mesa.

— Doroty! — exclamou Leonardo, que se levantou de supetão e correu em direção da empregada guiado pelos gritos de desespero.

Natália e Yohanssem seguiram Leonardo. Aproximaram-se do quarto do filho de Leonardo, a porta estava aberta e Doroty gritava compulsivamente apontando para a assustadora imagem no banheiro.

Caído sobre um possa de sangue, jazia o corpo do padre Paulo. O espelho estava quebrado. Em uma das mãos entreaberta havia um pontiagudo estilhaço de vidro; o mesmo que ele utilizara para dar fim a própria vida com um longo e profundo corte no próprio pescoço. Do espelho quebrado até o chão, rastros da mão ensanguentada deixavam marcas de um sinuoso caminho.

— Calma, Doroty! — disse Leonardo enquanto tentava absorver a cena.

Natália aproximou e abraçou Doroty, aproveitando para retirá-la do quarto. Doutor Yohanssem caminhou em direção ao corpo do padre Paulo. Era nítido que o humilde sacerdote havia cometido suicídio. Sabia sobre fatos ocorridos na noite anterior, e que um segredo poderia ter sido o tormento do padre Paulo a ponto de fazê-lo por fim na própria vida.

— E agora? Como é que vou explicar isso para a polícia? Como se já não bastasse o desaparecimento de Melissa! — desabafou Leonardo enquanto caminhava de um lado a outro tentando compreender a situação.

Doutor Yohanssem observou o espelho quebrado e as marcas na cabeça do padre. Era nítido que ele havia batido a cabeça contra o vidro. O que não condizia era a razão pela qual o padre ceifaria à própria vida, pois no catolicismo o suicídio é considerado um "pecado grave", atitude que contradiz as virtudes e dogmas estudados até a exaustão por qualquer seminarista.

— Leonardo, temos que chamar a polícia e depois tentar compreender o que levou o padre Paulo a tomar essa atitude.

Foi então que houve outro grito, só que dessa vez uma voz diferente ecoou pelo quarto. Desta vez de Olívia, que havia despertado e caminhava feito um zumbi pelo corredor ainda sob o efeito da medicação.

Leonardo correu em direção à Olívia e a levou até a sala de estar deixando-a com Natália e a empregada. Voltou para o quarto, dessa vez com o celular em mãos e olhou para Yohanssem que consentiu com a cabeça.

Telefonou para a polícia e a foi orientado a aguardar a chegada de uma viatura.

— Yohanssem, o que você acha que aconteceu? Será que o suicídio do padre Paulo tem alguma relação com o desaparecimento de minha filha? — perguntou Leonardo, sentando-se na cama com os lençóis desarrumados, segurando o celular com as mãos trêmulas.

Yohanssem ajeitou a longa barba branca, olhou para Leonardo e consentiu com um breve movimento da cabeça. Caminhou em direção à porta e avistou a tela, percebeu que a mulher da pintura o fitava com um sorriso de causar inveja a *Monalisa*. Voltou para o quarto e aproximou-se de Leonardo.

— Acredito que sim, Leonardo... É cedo e não posso tirar conclusões prematuras — respondeu saindo em direção a sala de estar.

Natália ao perceber que Yohanssem se aproximava, deixou Doroty, já mais calma, junto com Olívia, e foi ao encontro do professor.

— Yohanssem, não fico nem mais um minuto nessa casa. Isto já está ultrapassando os limites — sussurrou, de forma que Olívia e a empregada não escutassem.

— Como assim abandonar a investigação? No momento em que estamos próximos de encontrar respostas que podem nos ajudar a resgatar uma criança desaparecida e provar ao mundo que existem dimensões paralelas, você vem com essa conversa de desistirmos? — esbravejou, precavendo-se que a esposa de Leonardo e a empregada não percebessem.

Natália ficou pensativa. De fato, Yohanssem tinha razão. Estavam a um passo de revolucionar as teorias da física moderna e provar a existência das dimensões paralelas, quebrando os antigos paradigmas clássicos. Não poderia ficar de fora desta pesquisa, que poderia lhe trazer o reconhecimento e mérito que tanto sonhou.

Já tinham em mãos provas irrefutáveis de fatos inexplicáveis, como a lágrima e o sangue humano encontrados na tela. Não tardaria o momento de revelar a mídia sobre os fatos, com depoimentos, provas, e a própria pintura que com certeza seria confiscada para estudos. Até que os pensamentos se perderam com o som da chegada dos carros da polícia.

Leonardo continuava no quarto, olhando para o corpo do padre Paulo. Em meio a tanta confusão, não deixava de pensar na razão de tantos...

Problemas

◇◇◇

Natália recepcionou a polícia e os peritos que foram acionados para investigar a cena suspeitando de um crime, apesar de todas as evidências e testemunhas indicarem que estavam lidando com o suicídio de uma figura pública, no caso, o renomado padre Paulo, um dos poucos padres exorcistas e especialista em detectar fraudes paranormais. Não tinham dúvida de que o próprio Vaticano iria investigar, o que levou a polícia a coletar todas as evidências.

Caminhava na sala, enquanto apreciava as obras de artes, com as palavras de Yohanssem que ecoavam em seus pensamentos. Temia pela própria segurança e pela de Yohanssem em continuar com a investigação, mas conhecia o velho mestre. Sabia que ele só iria parar quando uma resposta fosse encontrada.

Enquanto folheava *A divina comédia*, de Dante Alighieri, nas páginas que descreviam o Inferno em seu nono círculo, sentiu a vibração do aparelho celular que estava guardado no bolso da calça. Pegou o aparelho, era uma mensagem do amigo psiquiatra Dr. Jonathan, que trabalhava no Willard Asylum for Insane, em Nova York.

> Querida Natália, lamento informar o falecimento de minha paciente Circe. O motivo em comunicá-la foi pela razão de saber que você teve um contato com ela em seus estudos de parapsicologia. Ela suicidou-se, mas deixou algumas anotações que constam seu nome. Achei conveniente lhe encaminhar por acreditar que você é a única pessoa capaz de interpretar esse suposto "código". Sei que não podemos ajudar Circe, mas quem sabe o marido e o filho? Seguem as fotos.

As fotos traziam inscrições feitas com sangue rabiscadas na parede interna e acolchoadas do isolamento do manicômio em Nova York com o nome de Natália escrita em diversas partes, sempre acompanhada da palavra "chave" e uma sequência ilógica de números e letras.

"Pobre Circe", pensou Natália enquanto secava o olho marejado. Conhecia todo o histórico da paciente, e o quanto havia sofrido enquanto cuidava da mãe em estágio terminal de câncer. Sabia que raras pessoas tinham estrutura emocional para lidar com o sofrimento, em especial quando se trata da perda de um ente querido. Recordou-se do dia que foi até à casa da falecida e que esteve prestes a morrer se não fosse pela ajuda de um policial, que a salvou na cozinha quando, no ápice de um surto, Circe por pouco não a feriu gravemente.

Foi então que se recordou que no dia em que os policiais a salvaram, havia inscrições e pentagramas por todos os lados, rabiscados nas paredes e na geladeira da cozinha, feitos com o sangue do gato. Recordou-se que havia tirado fotos.

Natália, sentou-se diante da escrivaninha e começou a analisar as fotos da casa de Circe. A sequência de números e letras, se repetiam, com a exceção do nome Natália, que aparecia nas fotos do hospital dando a impressão de que Circe quisesse que aquele emaranhado de letras e números chegasse até ela.

Olhou para as letras e as separou dos números. IL, ASS, EM, 9, 13, 9, 13, 9, 13.

"Por que o nove e o treze aparece três vezes?", pensou.

— Que chave é essa? — murmurou enquanto aproximando o celular para examinar com mais detalhes as fotos.

Até que Natália foi arrebatada por um calafrio que lhe percorreu a espinha e fez o coração disparar. As letras colocadas na ordem correta formavam o nome "MELISSA".

— Inacreditável! Mas como Circe tinha conhecimento de Melissa? Elas vivem em países diferentes...

Olhou para os números: 9, 13, 9, 13, 9, 13.

— Será que esses números sugerem uma coordenada geográfica?

Inseriu os dados e encontrou um lugar inominado localizado na Guiné.

"Não tem lógica... Guiné? E como que Circe conhecia o nome de Melissa e sabia que eu estaria envolvida para ajudar a encontrar essa criança?", pensou enquanto examinava com cautela as fotos que havia recebido.

Em diversas fotos, os pentagramas que Circe havia desenhado, as pontas estavam direcionadas para o alto. Sabia que dentro dos estudos exotéricos tratava-se da simbologia que retratava o domínio do espírito sobre os elementos da natureza, isso em se tratando de magia branca, seria uma expressão do microcosmo. Na alquimia, representava o quinto elemento, sinal da quinta *essentia*, o éter, o fogo e até mesmo o espírito. Por outro lado, a estrela de cinco pontas a fazia recordar do desenho do *Homem Vitruviano*, encontrado no bloco de notas de Leonardo da Vinci, que se baseou no livro escrito pelo arquiteto romano Marcus Vitruvius Pollio, que na verdade, apresentava em seus traços o modelo perfeito para o ser humano em suas proporções e beleza, inserindo a figura masculina desnuda separada em duas posições simultâneas sobrepostas, com os braços inscritos num círculo e num quadro.

—Leonardo da Vinci, tela, *Homem Vitruviano*, desaparecimento de Melissa, morte do padre Paulo, pentagrama sugerindo magia branca... É muita informação! Preciso da ajuda do Doutor Yohanssem — afirmou para si mesma enquanto colocava o celular no bolso.

Enquanto ia em direção ao quarto do Doutor Yohanssem, Natália ouviu uma mulher chorando. Lembrou-se que havia deixado Olívia e a empregada na copa, precisamente de onde estava vindo o som.

Sabia que Leonardo e Yohanssem deviam estar ocupados, tentando esclarecer para a polícia os últimos acontecimentos que transformara a casa de Leonardo em uma cena de crime. O entra e sai de policiais era intenso.

Ao chegar na copa, Natália viu Olívia chorando, desolada e a empregada sentada diante da mesa com o café da manhã. Na verdade, desde que conhecera e esposa de Leonardo, apenas a via andar sob efeito de medicação. Era uma mulher linda, com traços refinados, porém carregava no semblante a tristeza de um coração solitário, movido pela perda da filha ou pelo relacionamento que beirava a ruina, como o próprio "marido" havia deixado claro.

— O que houve Olívia? — perguntou Natália, enquanto aproximava-se da esposa de Leonardo.

Olívia secou os olhos com a palma da mão.

— Minha vida está desmoronando. Como se não bastasse o desaparecimento de minha filha, minha empregada pediu demissão.

— Nessa casa eu não fico nem mais um minuto! Avisa o Doutor Leonardo que amanhã eu passo aqui para fazer os acertos — disse Doroty retirando o avental e jogando-o sobre a mesa.

Natália aproximou-se de Doroty.

— Por que você não conversa com Leonardo? Não é ele o seu patrão?

— Bem que eu queria, mas ele acabou de ser preso. Saiu algemado com os policiais. Antes de sair ele conversou com o médico barbudo de nome difícil e depois o colocaram na viatura.

— Como é que eu não o vi se eu estava na sala? — perguntou Natália, preocupada com Leonardo.

— Eles saíram pela garagem. A rua tava cheia de repórteres, tinha até gente da televisão, e os policiais para afastar os jornalistas, os colocaram depressa na viatura. Por isso estou pedindo as contas para dona Olívia.

— Compreendo seu medo Doroty — afirmou Natália. — Vamos fazer o seguinte: você vai para casa, esfria a cabeça e amanhã à noite você volta e conversa com Leonardo.

— Como é que eu vou conversar com ele se ele foi preso?

Natália respirou fundo. O que queria no momento era que chata da empregada fosse embora e assim ter a oportunidade de conversar com Olívia, afinal, a esposa de Leonardo era uma das peças-chave relacionado ao desaparecimento de Melissa. Precisava encontrar explicações sobre o que Olívia havia ido fazer no quarto de padre Paulo e o porquê ele se suicidou.

— Tenho certeza de que a polícia está equivocada em prender Leonardo. Ele é inocente e se analisarmos a fundo, todos aqui dentro são suspeitos, inclusive você. Por sinal, um pedido de demissão neste momento só iria piorar a situação, além de atrair os holofotes da investigação policial sobre sua cabeça. Por isso acho importante você ir para casa e pensar se esta é a decisão mais correta a ser tomada.

Doroty colocou a mão na cabeça. Apesar de arrogante e cheia das palavras difíceis, a gringa tinha razão.

— Tá certo. Desculpe viu, dona Olívia, só estava nervosa. Amanhã eu venho trabalhar e esquece o que eu disse.

Olívia consentiu com a cabeça.

Doroty retirou-se da copa e Natália sentou-se ao lado de Olívia.

— Olívia, preciso conversar com você — disse Natália enquanto posicionava a cadeira de forma que pudesse olhar para os olhos da esposa Leonardo. O momento era oportuno, pois Leonardo e Yohanssem estavam fora e seria uma conversa franca entre mulheres.

— Natália, acho que agora não é um bom momento para conversarmos — afirmou Olívia. Sabia que as intenções de Natália poderiam ser as melhores, só que por outro lado, não queria a pirralha de volta. Precisava reconquistar o marido, pois sem ele seria falência na certa. Além de que, Natália parecia ser uma concorrente que poderia colocar o casamento em risco.

Natália consentiu, apesar de saber que Olívia poderia ser a chave para conseguir libertar Melissa. Por outro lado, tinha a sensação de que ela fazia o tipo de mulher que tinha muitos segredos. Só não compreendia a razão pela qual ela se dopava de remédios, pois o desaparecimento de Melissa não deveria ser uma justificativa exclusiva para tal comportamento. Sem contar que se estivesse no lugar de Olívia, iria lutar com todas as armas para encontrar a filha.

"Se minha filha desaparecesse, eu iria até o inferno para reencontrá-la", pensou Natália enquanto se levantava.

— Está bem. Vamos deixar essa conversa para depois. Sei que deve estar preocupada com os últimos acontecimentos — disse olhando para Olívia, que demonstrava a mesma frieza em relação ao desaparecimento de Melissa.

— Vou tentar entrar em contato com Eliza, uma experiente advogada e ver o que ela pode fazer para ajudar meu marido. A situação está só piorando — afirmou Olívia enquanto caminhava para o quarto, indiferente a Natália, que não passava de uma concorrente contratada pelos devaneios "parapsicológicos" de um marido corneado.

Queria poder voltar o tempo e se atirar nos braços de Jorge, um amor verdadeiro separado por...

Um golpe do destino

◇◇◇

Leonardo estava sentado em uma pequena sala da delegacia de polícia próxima ao hospital Odilon Behrens. A recepção era como as de outras delegacias, a pintura velha e descascada, os bancos sujos e uma televisão sintonizada em um jornal sensacionalista. A única diferença era o cheiro de cachaça de um bêbado, que havia agredido a esposa e infestava o ambiente. Ambos aguardavam para conversar com o delegado de polícia.

Para os investigadores, trazer um renomado advogado algemado era um troféu cujo brilho iria reluzir nas capas das revistas e nas manchetes dos principais jornais. O tabloide seria sobre um suposto pai de família que desapareceu com a filha e foi acusado de assassinar um padre na própria casa. Era merda demais para um só ventilador.

"Melhor seria ficar calado e aguardar a chegada de Eliza, talvez a única atitude correta tomada pela esposa, que por peso na consciência, tentava resgatar um elo perdido do relacionamento. Um dia eu posso até tentar perdoá-la, mas não será como antes. Como é que poderei resgatar a confiança em uma vagabunda, ainda que ela seja a mãe de meus filhos?", questionava a si mesmo enquanto olhava para Yohanssem através de um vidro infestado de panfletos que separava a sala de interrogatório do velho professor.

O melhor que podia fazer quando fosse chamado para ser ouvido seria ficar calado até a chegada da advogada, ao contrário do bêbado que tagarelava aos quatro cantos, algemado na própria cadeira.

Foi tomado por uma imensa sensação de alívio quando viu Eliza chegar, vestida com *jeans* e usando uma camisa branca escondida por um *blazer* preto, que destacava os cabelos prateados que se orgulhava em ostentar.

Leonardo sabia que Eliza era diferente. Uma mulher que trocou a vaidade pela objetividade, e dessa forma se comportava sem se preocupar com a opinião alheia. Após uma breve identificação passou pelos investigadores que cruzavam os dedos para ver o circo pegar fogo.

— Oi, Leonardo. Que confusão você arrumou? Vim do escritório até aqui tentando compreender a razão que leva a um padre a suicidar dentro de sua casa e, principalmente, o que ele estava fazendo lá, pois pelo que lhe conheço sei que religião não é seu forte.

Leonardo baixou a cabeça. Era difícil de explicar em meio a tantas turbulências onde o único objetivo fazia sentido: o de encontrar a filha.

— Eliza, é uma longa história. Preciso que me tire daqui. Estão me acusando pelo desaparecimento de Melissa e pela morte de um padre que enlouqueceu e suicidou em minha casa.

Eliza olhou para o bêbado que havia caído no sono, nauseada pelo cheiro de cachaça que infestava a sala.

— Leonardo, quanto ao desaparecimento de Melissa, pelo que sei, foi você quem registrou a queixa. Se o trouxeram até aqui, foi por causa da morte do padre. Preciso esclarecer apenas um fato: o que um padre estava fazendo na sua casa e por que ele iria se matar?

Leonardo ficou cabisbaixo. Parecia que o chão que sustentava seus pés estava desabando. De fato, as maldições que envolviam a tela faziam sentido... Por onde aquela pintura passava, pessoas morriam ou desapareciam de forma inexplicável, como ocorreu com a filha.

—Eliza, sei que é meio difícil de acreditar, mas o desaparecimento de Melissa de alguma forma está ligado com aquela maldita pintura. A polícia acabou arquivando o caso por falta de provas. Você sabe que contratei os melhores detetives que sequer encontraram pistas que me levassem a minha filha. Não podia ficar de mãos atadas e como se tratava de um fenômeno sobrenatural; e os vídeos provam isso, bem como a pesquisa do Doutor Yohanssem e de Natália, eu não podia ficar de mãos atadas esperando que um milagre trouxesse minha filha de volta. Você sabe que sou cético quanto a religião, e que na minha opinião milagres não passam de simples promoção da igreja, mas... — respirou fundo enquanto tentava disfarçar os olhos marejados. — Estou começando a perceber que posso estar errado, mas irei até o fim para encontrar Melissa, mesmo que isso custe minha vida ou minha liberdade.

— Entendo, Leonardo. Sei que quando tomou essa decisão, você tinha suas razões. Mas, no momento, temos que ter cuidado, pois o delegado irá querer passar a limpo o suicídio do padre. Você sabe que a imprensa irá pegar pesado com a morte de uma figura tão popular como o padre Paulo. Vim, para lhe dar suporte a pedido de Olívia, que me telefonou preocupada, além da consideração e apreço que tenho por nossa amizade.

Leonardo ficou pensativo por alguns segundos. Não compreendia a preocupação de Olívia. Talvez a carência do amante e quem sabe ela estava disposta a recomeçar? De qualquer forma Eliza tinha razão, a imprensa iria pressionar o delegado até que se provasse que a morte do padre tivesse sido autoprovocada. Foi então que se lembrou das câmeras de segurança e das câmeras extras que o Doutor Yohanssem havia instalado. Uma prova em vídeo seria incontestável.

— Nossa, Eliza! No meio da confusão acabei me esquecendo por completo. Tenho como provar que o padre suicidou. Basta apresentar as imagens das câmeras de segurança. Isso sem contar que aquele senhor obeso de barba branca que está lá fora, o Doutor Yohanssem, também instalou diversas câmeras de segurança pela casa. Ele tem as imagens.

— O Papai Noel lá fora? Ótima notícia! Isso irá ajudar a comprovar a sua inocência e encontrar um culpado caso ele exista.

Mal terminaram a conversa e a porta da sala do delegado se abriu, saindo uma prostituta algemada acompanhada por um detetive, que usava uma saia vermelha mostrando a metade de bunda. O detetive pediu para que Leonardo entrasse.

Leonardo levantou-se e junto de Eliza caminharam até a sala do delegado. Ao chegarem, para espanto de Leonardo, o delegado na verdade era uma mulher de aproximadamente 37 anos, morena, usando óculos com armação vermelha e o rosto cheio de cicatrizes de acne que parecia o solo lunar.

A delegada estava sentada numa escrivaninha cheia de papéis, onde destacava-se uma estatueta enferrujada que trazia a imagem de uma mulher com os olhos vendados e segurando uma balança, que representava a deusa grega Dice, que simbolizava a imparcialidade e que todos são iguais perante a lei. Ao lado da estatueta havia um artesanato em madeira gravada com o nome Letícia e uma foto antiga de uma criança de mãos dadas com a mãe.

— Podem sentar-se — afirmou a delegada de polícia, enquanto apontava para Leonardo e Eliza duas cadeiras dispostas uma ao lado da outra.

Leonardo e Eliza obedeceram, enquanto a delegada examinava o boletim de ocorrência.

— Senhor Leonardo Fontes... Advogado, colecionador de artes, teve a filha desaparecida há alguns meses e conduzido a esta delegacia para prestar esclarecimentos sobre o "suicídio" — a delegada fez questão de ironizar, desenhando as aspas no ar com os dedos indicadores — de um padre ocorrido em sua casa.

Antes que continuasse ou fizesse qualquer afirmação, Eliza a interpelou.

— Delegada Letícia, permita-me apresentar. Meu nome é Eliza e estou acompanhando meu amigo pessoal, Leonardo Fontes.

Letícia olhou para Eliza. A experiência lhe dizia que a maioria dos inocentes, quando são chamados para depor e vêm acompanhado de um advogado, com certeza tem alguma culpa no cartório, mas o rosto de Eliza não lhe era estranho.

— A princípio, não vejo razão para que você necessite de um advogado, senhor Leonardo. Ou já se esqueceu de que você também é um advogado em exercício.

Antes que Eliza respondesse, Leonardo respirou fundo. Não tinha nada a perder e precisava voltar o quanto antes para casa.

— Doutora Letícia, presumo eu, baseado na placa de madeira gravada com seu nome. Estou vivendo uma situação que classifico como infernal. Não sei se a doutora tem filhos, mas peço que se coloque no meu lugar. Um marido traído, cujo amante da minha esposa era meu funcionário, digo era, pois ele morreu de acidente de carro. Enquanto eu lidava com o peso da traição e me preparava para o divórcio, de forma inexplicável minha filha desapareceu. Se você olhar nos autos, irá saber que o processo foi arquivado por falta de provas, ou seja, não foi encontrado sequer uma pista que me levasse a descobrir o paradeiro de minha filha Melissa... Isso sem contar que na época minha casa estava repleta de câmeras, cujas imagens foram analisadas pelos melhores peritos e até hoje estou sem respostas. Contratei o padre Paulo e o Doutor Yohanssem, que é aquele senhor sentado do lado de fora que também está aguardando para depor, ambos especialistas para me ajudar a encontrar minha filha. Já sei que irá me perguntar o porquê um padre se matou dentro de minha casa, e posso lhe afirmar que sei menos do que a senhora.

— E eu, doutora Letícia, vim até aqui para ajudar Leonardo. Ele está passando por graves problemas de ordem emocional. Basta imaginar como um pai se sente diante do desaparecimento da própria filha, ainda mais ele, que é advogado e passou a vida lidando com processos de crimes hediondos. Você sabe que sempre pensamos no pior.

A delegada ajustou os óculos de armação vermelha no rosto.

— Senhor Leonardo, se o senhor está com problemas emocionais, sugiro que procure um psicólogo ou um psiquiatra. Minha função é saber a razão pela qual um padre "supostamente" suicidou-se na sua casa. Não me interessa os problemas que o senhor está enfrentando. Estou com a imprensa e representantes de várias dioceses me pressionando sobre a investigação, pois diante de popularidade de padre Paulo, não duvido que em breve eu tenha notícias do vaticano.

Eliza respirou fundo. A delegada era uma ignorante de marca maior.

— Doutora, compreendo a sua pressão, e posso lhes assegurar que é só o começo. Quanto aos esclarecimentos, nossa conversa se encerra aqui. Não porque eu esteja querendo omitir alguma informação, mas especialmente pela sua indelicadeza. Tenho as provas em vídeo que comprovam minha inocência. Depois você pode tirar cópias e encaminhar até para o Vaticano. Já perdi tempo demais aqui, tenho que voltar para minha casa e tentar encontrar minha filha, já que vocês não foram capazes de fazê-lo.

A delegada ficou em pé. Debruçou-se sustentada pelas duas mãos sobre a escrivaninha. Sabia que Leonardo era famoso na área jurídica, mas diante dela, naquele momento ele não passava de uma testemunha que estava sendo ouvida.

— Senhor Leonardo, peço que meça suas palavras. Independente de o senhor ser advogado ou qualquer outra profissão, neste momento você é testemunha do suposto suicídio de um padre. Lembre-se que posso prendê-lo por desacato e quem determina o horário que o senhor vai sair daqui sou eu, portanto sente-se — ordenou com a voz alterada.

— Letícia, Leonardo em nenhum momento ofendeu a sua moral, o que não cabe a acusação de desacato. Quanto ao final do depoimento a senhora tem razão, não é Letícia Mara de Seixas, também chamada pelos amigos de Lelê.

A delegada achou estranho. Não havia nenhum papel sobre a mesa que revelasse seu nome completo, e como aquela mulher com um semblante familiar a conhecia?

— Eliza, não é mesmo? Como sabe meu nome? Tenho a sensação de que lhe conheço de algum lugar...

Eliza riu. Sentia-se bem por ter quebrado a tensão que começava e emergia diante de Leonardo, que estava sendo pressionado.

— Claro que você não se lembra. Você era apenas uma criança quando sua mãe se mudou de São Carlos, em São Paulo. Não se sinta envergonhada, mas eu já troquei suas fraldas.

Leonardo precisou colocar a palma da mão na boca para esconder o sorriso para que a delegada não percebesse.

— Como assim? Quem lhe contou que eu morei em São Carlos? — perguntou a delegada surpresa enquanto olhava atentamente para o rosto de Eliza.

— Eu e sua mãe, Elza, éramos grandes amigas. Na época em que vocês se mudaram de São Carlos, você deveria ter uns dez anos de idade. Sua mãe foi injustiçada demais por causa do divórcio, depois de oficializada a separação, seu pai desapareceu no mundo, deixando uma enorme dívida que sua mãe custou a quitar. A última vez que falei com Elza foi em uma ligação; meio que uma despedida. Vocês haviam mudado para São Paulo. É uma surpresa encontrá-la aqui em Belo Horizonte.

A delegada abriu a gaveta da escrivaninha e retirou um lenço de papel e começou a secar os olhos. Não conseguia conter as lágrimas.

— Eu sabia que me lembrava de você. Minha mãe a considerava como uma irmã, Eliza. Faz tempo que nos mudamos de São Paulo, precisamente quando descobrimos que minha mãe estava com Alzheimer. Precisei mudar para Belo Horizonte quando a doença de mamãe começou a evoluir. Sabia que mamãe tinha parentes que moravam aqui e nessas horas precisamos engolir o orgulho e procurar alguém da família para nos possa ajudar. Uma tia nos recebeu, e já faz quatro anos que mamãe faleceu. Desde que mudei para cá comecei a cursar Direito. Trabalhava de dia e estudava à noite enquanto minha tia ajudava com os cuidados de mamãe.

Eliza secou as lágrimas na camisa ao recordar-se de Elza. Era uma grande amiga que o tempo distanciou, mas nunca do coração. A explicação de Letícia fazia sentido. Tantas mudanças e uma doença que deteriorava a memória foram a consequência de se afastarem. Sentia pela morte de Elza, a irmã sem um "i", pela semelhança dos nomes.

— Sinto pelo falecimento, Elza. Éramos como irmãs, que por uma fatalidade do destino perdemos contato. Procurei notícias de vocês em toda parte, mas sempre sem informações. Vocês desapareceram no mundo e agora compreendo a razão.

— Mamãe falava de você, com muito carinho, Eliza. Ela lhe chamava de irmã sem...

— Um "i" — adiantou Eliza, em prantos.

Leonardo olhava as duas mulheres que o destino havia reunido de forma irônica. Preferiu ficar em silêncio. Pela primeira vez passou a acreditar que o destino conspirava a seu favor, mas sem deixar de pensar na filha.

Desaparecida

◇◇◇

Natália foi até o quarto onde padre Paulo estava hospedado. O corpo já havia sido levado para o IML de Belo Horizonte e os peritos haviam liberado a cena do crime.

"Preciso saber se o padre Paulo encontrou algo que possa me ajudar", pensou Natália, enquanto olhava, concentrando-se nos detalhes que pudessem sugerir um fenômeno paranormal, que estaria longe da capacidade de compreensão dos melhores detetives que passaram o pente fino no local onde estava o corpo do falecido padre.

Natália olhou a cama desarrumada, e ao lado, em cima da mesa de cabeceira havia um rosário. Natália sentou-se na cama e abriu a gaveta, onde encontrou a Bíblia Sagrada.

Natália fechou a gaveta, olhou ao redor. Ao lado de uma cômoda estava a pequena mala de couro marrom, já desbotado pelo excesso de uso. Caminhou até a mala e a colocou sobre a cama, identificando de imediato uma pequena etiqueta de plástico havia a gravação: "Pe. Paulo". Abriu com cuidado a mala e começou a examinar o conteúdo.

Uma batina preta, um amito, uma alva e uma estola roxa, os trajes típicos dos padres meticulosamente organizados com as roupas informais, um *jeans* desbotado, algumas camisas brancas, meias e cuecas.

— Sim, os padres usam cuecas! — Natália riu ao se recordar dos boatos de que padres não usavam roupas intimas.

No conteúdo, apenas o trivial. Natália fechou a mala e a guardou. Encontrou uma valise, a abriu e nela havia material para exorcismo e alguns documentos, exceto a identidade que havia sido levada junto com o corpo.

Caminhou até o banheiro. No chão havia uma poça de sangue coagulado e pisado — pelos policiais descuidados ao fim da perícia — junto com um rastro de sangue da mão do padre que escorregou pelo vidro quebrado em uma boa parte da parede.

Os olhos de Natália percorriam o banheiro em todos os detalhes à procura de alguma pista que pudesse esclarecer a razão do suicídio do padre.

— Estranho — disse Natália como se conversasse com a própria sombra. No fundo, queria encontrar uma forma de confortar-se e ficar livre da apreensão em estar em um local onde um padre havia se matado.

Foi então que sentiu um calafrio, como se uma brisa gelada lhe atravessasse a alma. Olhou ao redor e não viu nada além da própria imagem refletida num espelho quebrado. No momento em que ia sair do banheiro percebeu um vulto escuro que passou como uma flecha ao seu lado em direção ao espelho.

Ao olhar para o espelho quebrado, havia a imagem da mesma mulher do retrato, como se tivesse sido montada em um quebra cabeça. Firmou os olhos com a face pálida enquanto o coração e respiração aceleravam.

— Meu Deus! O que está acontecendo? — disse com a voz trêmula e os lábios secos, quase que paralisada como se estivesse congelando. Tinha a sensação de que havia engolido uma pedra enquanto olhava ao redor, especialmente para trás, temendo ser surpreendida pelo vulto que jurava ter visto passar ao lado.

Sabia que Olívia estava em casa, talvez no quarto do casal. Mais uma vez sentiu a brisa fria e o vulto apareceu novamente dentro do banheiro, só que desta vez maior. Sim, um vulto negro. Natália deu um passo descoordenado para trás, quase caindo de costas. As pernas haviam perdido a firmeza, o que dificultaria fugir.

— Quem está aí? Identifique-se! — ordenou Natália sentindo a boca seca, enquanto bem devagar se afastava do banheiro, andando de marcha ré, utilizando o pouco de força que restava nas pernas, parecendo um caranguejo distanciando-se do vulto, que estava parado bem à frente.

— Quem é você? — perguntou mais uma vez na esperança de uma resposta.

Um estalo forte ecoou dentro do quarto. Naquele instante esqueceu do vulto a sua frente e olhou para o lado à procura da origem do som. Foi então que se deu conta de que a cama do quarto começou a pegar fogo, de forma inexplicável. A cama iniciara a autocombustão e apenas a metade dela havia se incinerado. No local não havia cheiro ou sinal de fumaça, e as chamas tornavam-se intensas.

O vulto se materializou em forma de uma bela mulher, loira, com belo busto e usando um longo vestido azul. Ela olhou para Natália que permanecia estática e sem ação diante da estranha aparição da mulher do quadro. Natália tentou gritar, mas a voz a abandonara. Sabia que desta vez não teria a proteção da polícia, e a única pessoa que estava na casa era Olívia.

O espectro da loira de azul, desapareceu e reapareceu flutuando, sobre a cama em chamas e apontou para a porta. Natália conseguiu caminhar na diagonal em direção a porta do quarto entreaberta, sem tirar os olhos do fantasma que surgia em plena luz do dia, diante dos próprios olhos.

Ao sair do quarto, tropeçou com outra pessoa e a encarou assustada. Era Olívia que também havia se assustado com Natália.

— O que está acontecendo? — perguntou Olívia.

Natália estava muda, mas viu através da porta que o quarto de Olívia também havia se incinerado. Olharam para a tela. Dessa vez somente a imagem de Melissa aparecia na pintura. A loira havia desaparecido.

Então ouviram um estrondo como se um caminhão de madeira houvesse tombado no meio do corredor. Olharam em direção a tela e avistaram o fantasma, com uma diferença, desta vez o rosto da bela mulher estava desfigurado e a mandíbula começava a esticar até o ponto de alcançar o chão enquanto o cabelo eriçava-se contra a gravidade, como se mulher tivesse colocado as mãos em um gerador de Van de Graaff. A seguir ouviram um grito aterrorizante.

Essa foi a última imagem que os olhos humanos conseguiram observar antes das câmeras captarem duas mulheres sendo sugadas por uma pintura, até desaparecerem por completo.

A mulher que havia se transformado em monstro recuperou a forma humana, voltando a forma de uma linda loira com vestido azul. Caminhou pelo corredor em direção a pintura, na qual, sem explicação, haviam surgido a imagem de Natália, Olívia e Melissa.

A linda mulher se aproximou da pintura e acariciou a tela, com cuidado, enquanto uma voz meiga ecoava pelo corredor.

— Mestre, por que me deixastes?

Começou a flutuar e até desaparecer para dentro da tela, indiferente ao celular de Natália caído no chão.

***

Já se aproximava de cinco horas da tarde quando um carro preto parou diante da casa de Leonardo. O motorista do aplicativo desceu do carro, caminhou em direção aos passageiros, abrindo a porta para que eles saíssem.

Leonardo pagou o taxista e ajudou Doutor Yohanssem a sair do veículo, que havia enroscado o pé embaixo do banco do motorista.

Caminharam até o portão, enquanto o táxi se afastava da casa e dobrava a esquina.

— Doutor, peço desculpas por tê-lo envolvido nessa situação. Por sorte Eliza era amiga da delegada e isso ajudou bastante. As imagens do vídeo foram a nossa salvação. Só não contava com a lentidão da empresa de segurança para nos encaminhar as imagens.

— Não se preocupe, Leonardo. Estava lá para lhe ajudar — respondeu Yohanssem enquanto pensava se diria a verdade ou não para Leonardo, de que quando entrara no quarto e percebera que a esposa de Leonardo estava com a calcinha vestida ao contrário, como se tivesse sido sedada e violentada, e depois, as pressas, tivessem colocado a roupa com medo da farsa ser descoberta. O principal suspeito era o padre, que havia morrido escondendo o segredo. O que não fazia sentido era como, em poucos dias, um padre, supostamente desconhecido pela família, poderia estar tendo um caso com a esposa do homem que lhe contratara. Talvez o suicídio fosse uma forma de arrependimento. O melhor que podia fazer era ficar calado, até que a verdade viesse à tona. O objetivo naquele momento era concentrar-se na investigação.

Leonardo abriu o portão e entrou na sala repleta de antiguidades. Sabia que a esposa estava em casa e que não seria necessário desativar o alarme. Apenas achou estranho Olívia não telefonar, mas de qualquer forma ela havia ajudado chamando Eliza. Era o mínimo que ela poderia fazer depois da traição,

— Doutor, vamos até a sala de estar. Precisamos conversar.

Yohanssem coçou a barba. Havia percebido que Leonardo mostrava-se com o nível de estresse acima dos limites.

— Claro, Leonardo. Estou à sua disposição.

Leonardo e Yohanssem seguiram até a sala de estar, sentaram-se na mesa ainda disposta com o café da manhã.

"Estranho Doroty devia ter recolhido a mesa... Onde está Olívia e Natália? Será que saíram?", pensou Leonardo observando o silêncio atípico da casa.

— Doutor Yohanssem, sei que o senhor não é padre, mas preciso confessar ao senhor de que estou com medo de tudo o que está acontecendo. O desaparecimento de minha filha, a morte do padre Paulo... Caso o senhor queira abandonar a investigação, irei compreender perfeitamente. Deve ser difícil até para Natália ter presenciado uma morte dentro de minha casa — afirmou Leonardo, cabisbaixo.

Yohanssem pegou uma rosquinha do café da manhã que estava sobre a mesa e antes de comê-la coçou a barba.

— Leonardo, quando entro em uma investigação, só saio com uma resposta ou no mínimo uma explicação plausível dos fatos investigados. Já conversei com Natália e iremos continuar. Só vou considerar o caso encerrado, se você pedir. Vou seguir em frente até que saibamos o que aconteceu com Melissa.

— Obrigado, Doutor Yohanssem — respondeu Leonardo aliviado. — Eu sabia desde o início que poderia contar com vocês.

Yohanssem pegou outra rosquinha enquanto Leonardo se incomodou com o silêncio na casa.

— Estranho Doutor Yohanssem, onde está Olívia e Natália? Achei que elas estariam preocupadas com a nossa saída.

— Você tem razão — respondeu Yohanssem enquanto enchia a xícara de leite. — Natália não sairia de sua casa sem me avisar.

Doutor Yohanssem tomou o leite quase que em um só gole. Levantou-se da cadeira, com cuidado para a barriga não bater na mesa e derrubar a delicada louça.

—Natália deve estar no quarto cobrando dos laboratórios os resultados das análises ou revisando os vídeos dos últimos acontecimentos — afirmou Doutor Yohanssem com o dorso da mão limpava a mancha branca de leite no canto da boca.

— Acho melhor ir ver se está tudo bem com Olívia — disse Leonardo com a sensação de algo estava errado.

Ambos seguiram em direção ao corredor. Yohanssem foi até o quarto de visitas, viu que os monitores ativaram com a presença do movimento de Leonardo indo em direção ao quarto do casal. Estava tudo da mesma forma que havia deixado.

—Estranho — disse Yohanssem para si mesmo.

"Natália deveria estar aqui. Será que ela resolveu sair com a Olívia? Sem nos avisar? Isso não é típico dela...", pensou enquanto retirava do bolso o celular. Não gostava muito de *smartphones* por ser complicado em manusear. O dedo gordo tornava um desafio de precisão e destreza de digitar qualquer texto na tela *touch screen*.

Olhou para o *display* do aparelho, mas não havia mensagens, o que o deixava encabulado pois Natália jamais iria sair sem dar notícias. Por um instante sentiu um frio na barriga, temendo pela segurança de Natália diante dos últimos fatos.

— Yohanssem! Você precisa ver isso! — ouviu a voz de Leonardo carregada de desespero e melancolia.

Yohanssem correu quase derrubando a mesa com os monitores, indo em direção ao quarto de Leonardo.

Ao chegar no quarto do casal, Leonardo estava pálido e com as mãos frias, como se estivesse diante de um fato inexplicável. A imagem era perturbadora.

O quarto havia sido incendiado, só que de forma inacreditável apenas metade da cama havia se queimado, da mesma forma as cortinas e a mobília. Os objetos estavam derretidos ou chamuscados — incluindo frascos de perfume, a cômoda ao lado da cama e a TV de 55 polegadas — de forma que contrariava as leis da física. Praticamente tudo havia se queimado pela metade.

Yohanssem bateu os olhos na imagem do quarto, respirou fundo. Estava confuso com o que estava vendo. Um fenômeno paranormal revelara-se embaixo do próprio nariz. Pela lógica, a casa de Leonardo era para estar destruída. Correu em direção ao quarto de Natália, temendo pelo pior.

Leonardo procurou pela esposa. Apesar da raiva contida que consumia, queria o melhor para ela e mais uma morte ou desaparecimento dentro da própria casa só iria piorar a situação e gerar mais conflitos.

Abriu a porta do banheiro do casal e o banheiro estava intacto. Saiu do quarto e foi em direção a Yohanssem, que estava no quarto de Melissa, onde Natália estava hospedada.

— Doutor, Olívia não está no meu quarto. Como você explica meu quarto ter sido queimado daquele jeito?

— Estou procurando Natália. Ela também sumiu e jamais desapareceria sem dar notícias. Estamos lidando com um fenômeno que está fora de nosso controle. Temos que ter muito cuidado. Natália não está aqui — respondeu Yohanssem enquanto os olhos vasculhavam o quarto.

Seguiram para o quarto do filho de Leonardo, onde o padre Paulo havia tirado a própria vida.

Ao chegarem, ficaram inertes. O quarto, da mesma forma que o quarto do casal, também estava queimado pela metade. O incrível é que não havia cheiro de queimado ou fumaça acumulada que dispararia os sensores de incêndio. Assustaram-se ao ver o espelho quebrado no banheiro, chamuscado pela metade.

— Doutor, o que está acontecendo? Por favor, me diga que tudo isso é um pesadelo! — disse Leonardo com a voz trêmula.

— Leonardo, tudo vai ficar bem. Precisamos manter a mente aberta e nos controlarmos se quisermos encontrar respostas.

Saíram do quarto. Foi então que Leonardo olhou para a tela. Ele e Yohanssem haviam passado por ela mais de uma vez e deixaram de perceber as imagens que de forma inexplicável haviam surgido.

Leonardo segurou Yohanssem pela camisa e sem dizer uma palavra, apontou o dedo para o retrato, na parede no final do corredor. Yohanssem arregalou os olhos e aproximou-se da pintura. Era difícil de acreditar no que estava vendo.

A pintura mostrava a imagem de quatro pessoas uma ao lado da outra. Da esquerda para a direita estavam Natália, Olívia, a desconhecida mulher do retrato de mãos dadas com Melissa. Leonardo olhou mais de perto a pintura. Natália tinha um semblante de preocupação. A imagem de Olívia era desesperadora, como se estive afogada em um eterno grito silencioso.

Leonardo retirou a tela da parede, preparando para quebrá-la quando sentiu as mãos sendo seguradas por Yohanssem.

— Não será dessa forma que iremos trazê-las de volta. Desative o alarme silencioso que protege a tela que você me falou, senão, em minutos sua casa estará cheia de policiais e o que não queremos nesse momento é mais um problema.

O doutor tinha razão. Leonardo sentou-se no chão e colocou as mãos na cabeça. Estava em pânico.

Um bipe quebrou o silêncio e tensão de Leonardo. Olharam para o lado e no canto da parede, havia um celular que Doutor Yohanssem reconheceu muito bem.

Era o *smartphone* de...

Natália

◇◇◇

"**A** fria escuridão se camufla nas profundezas de nossa alma", pensou Natália que encontrava o verdadeiro sentido da frase que a atormentava em uma dimensão desconhecida.

O corpo flutuava, era como se tivesse se transformado em um balão de gás desses que as crianças sempre ganham nos parques de diversões e fazem questão de perdê-los para o horror das mamães. A única diferença era que flutuava no meio do nada, em um lugar no qual era impossível enxergar um palmo diante do nariz. Estava presa em um local incógnito e desconhecia uma forma de escapar, era uma dimensão inexplicável pela lógica humana.

As últimas lembranças foram de ver uma mulher transformar-se num monstro, do incêndio no quarto do padre que se suicidou e de Olívia que estava ao seu lado no momento em que foram atacadas por um espectro.

— *Olívia* —disse Natália, mas não conseguia ouvir a própria voz. Lembrou-se do espaço, onde os astronautas flutuavam e pelo vácuo que tornava o som inaudível. Estava em um ambiente diferente, perdida num universo sem estrelas ou planetas.

Tateou o próprio corpo, chegou a se dar um beliscão. Conseguia sentir-se e isso era bom, pois comprovava que estava viva e que o corpo funcionava. Colocou a mão sobre o peito e sentiu o coração acelerado.

"Estou viva", pensou Natália. "Que lugar é esse?", questionou-se enquanto rodava como um parafuso em câmera lenta, sem destino. Tentou gritar por socorro, a resposta era o silêncio, o frio e a escuridão. Parecia impossível que alguém a escutasse.

—*Socorro! Alguém me ajude!* — tentou gritar, mais uma vez em vão.

As palavras brotavam apenas nos pensamentos, mas longe dos tímpanos. Lembrou-se de que o cérebro é cego, não passa de um órgão aprisionado dentro da caixa craniana incapaz de ver ou ouvir. Toda a informação que ele recebe do meio externo não passam de impulsos elétricos criados por órgãos receptores e interpretado — algumas vezes erroneamente — por um monte de massa cinzenta. Na verdade, o que vivemos e sentimos são interpretações de impulsos elétricos. Lembrou-se enquanto ouvia uma voz infantil que ecoava em sua mente.

— *Alguém me ajude, por favor!*

Telepatia! Talvez seja essa a única forma pela qual eu consiga me comunicar. Natália inspirou e exalou, viu que conseguia fazer o movimento de respiração, ou talvez o próprio cérebro estivesse lhe enganasse dando a sensação de que estava respirando, e concentrou-se na voz da criança.

"*Quem é você?*" pensou Natália, na esperança de que a "ouvisse".

—*Socorro! Por favor me tire daqui! Eu quero meu pai! Me ajude!*

Sim, desta vez as palavras tornaram-se mais nítidas. Era a voz de uma menina. Natália sabia quem estava pedindo socorro... Era Melissa, a filha desaparecida de Leonardo. A pobre criança estava desesperada. O inacreditável era ela estar viva em um universo alternativo e sem se alimentar. Talvez neste mundo a matéria física reaja de forma diferente, pensou Natália.

—*Melissa? É você?* —perguntou aturdida em meio a escuridão. Pensava em uma forma para encontrar a menina em meio ao infinito negro.

—*Sim, sou eu... Por favor, me ajude!* — respondeu com a voz carregada de desespero e melancolia.

—*Melissa, meu nome é Natália. Sou amiga de seu pai e vim lhe ajudar* — disse Natália, tentando acalmar a menina.

—*Eu quero sair daqui. Estou com medo do escuro. Socorro!* — suplicou a voz de Melissa na mente de Natália.

"Como é que eu vou encontrá-la nessa escuridão... Só um milagre", pensou Natália..

— *Melissa fique calma, que vou encontrar uma forma de tirar você daqui!* — respondeu Natália, enquanto procurava uma solução para ao menos encontrar Melissa naquela dimensão.

"Pense Natália, pense... Aqui tudo é diferente. Se você consegue se comunicar com a mente, talvez essa seja a solução para com que você encontre essa menina. O pensamento neste mundo parece ser minha única alternativa", refletia em meio a pensamentos acelerados.

Fechou os olhos, apesar de saber que a escuridão continuaria, pois naquele momento, os olhos não tinham nenhuma utilidade, procurando uma forma de relaxar-se. Lembrou-se do retrato de Melissa e a imaginou de mãos dadas com ela, até que a voz de Melissa ecoou em sua mente.

—*O que está acontecendo?* — perguntou a criança, enquanto Natália sentiu o calor de uma mão macia e pequena segurar a própria mão.

Natália tateou, até conseguir identificar uma criança.

— *Melissa, é você?* — perguntou, enquanto sentia os longos cabelos lisos da menina deslizarem por entre os dedos.

—*Sim, sou eu. Me ajuda, me tira daqui... Eu quero meu pai, por favor. Me tira daqui!*

Natália abraçou Melissa, sentindo o seu corpo frágil delicado.

—*Não acredito que a encontrei!* — disse Natália para si mesma. Estava feliz, apesar do medo de ficar presa para sempre naquele local sombrio.

"Preciso encontrar Olívia", pensou, tentou ver imagens de Olívia de todas as formas possíveis, mas não conseguia ouvi-la em seus pensamentos, da forma que conseguia ouvir Melissa.

— *Estou com sono...* —disse Melissa, enquanto Natália a puxava para junto de si.

—*Vai ficar tudo bem Melissa. Fique abraçada comigo que iremos encontrar uma forma de sairmos desse lugar.*

Estavam aprisionadas em uma outra dimensão. Talvez a dimensão mais escura, que sequer imaginavam que existisse.

Sentiu que Melissa a abraçou da forma clássica que as crianças abraçam quando estão com medo e longe dos pais. Natália percebeu o corpo frio de Melissa e abraçou com mais força, aproveitando para aquecê-la enquanto a acalentava do pavor que devia consumir a criança.

Lembrou-se do enigma... *Melissa, chave 9, 13.*

Talvez essa fosse a única solução para sair daquele lugar. Precisava de uma algo antes que aquele local se transformasse em uma prisão perpétua. E nestes devaneios de pensamentos, que por sinal era única habilidade que funcionava, flutuavam de um lado a outro, como um balão invisível aos olhos humano, se movimentavam sem destino, engolido pela escuridão.

Olívia chegou ouvir os apelos de socorro da filha. Ignorou os gritos da pirralha que ecoavam na própria mente. Recordou-se da infância, dos pais que lhe ofereciam o que desejasse. Eram como o gênio da lâmpada de Aladim, com a diferença de que não precisava esfregar as mãos na lâmpada mágica quando tivesse um pedido a fazer.

Sabia que vivia em um país medíocre e que era diferente das outras pessoas, pois tinha dinheiro — ainda que indiretamente proporcionado pelos pais — e a única maldição que assolou o próprio destino foi o casamento precoce com Leonardo, e por odiá-lo de todas as formas, além da maldita gravidez precoce. Na época que havia ficado com Leonardo, ele apenas tinha planos de ser bem sucedido, se não fosse pelo apoio do sogro, que o ajudou a alavancar a carreira do marido. Mas ele estava longe ser o homem milionário que sempre buscou. Tentou até fazer com que o relacionamento desse certo, mas se não fosse por imposição dos pais que ameaçaram deserdá-la se não assumisse o filho ou se tentasse abortar — um castigo pela imprudência — sua vida com mordomias iria acabar.

Talvez o destino teria sido bem diferente se tivesse encontrado o príncipe encantado para sugar-lhe o dinheiro, assim poderia ter mandado os pais à merda. O fato foi que quando havia criado coragem para pedir o divórcio, apoiada por um dos amantes que havia lhe prometido colocar o mundo em suas mãos; por causa da bebedeira ou do DIU que havia se deslocado acabou engravidando da pentelha. Não sabia quem era o pai da menina, só que isso não importava pois cedo ou tarde iria se livrar do "erro".

Leonardo era o pai perfeito e seus pais tornaram-se os melhores inquisidores e vigiavam e cobravam de perto todos os cuidados que tinha que ter com os filhos, e a faziam viver em um casamento com ameaças constantes de que caso pedisse o divórcio, seria deserdada. Afinal, eles eram dois desembargadores aposentados que criavam e a fazia cumprir leis injustas com a intenção de preservar um casamento falido ao lado de um marido corneado.

Foi então que ouviu uma voz que ecoava dentro da própria cabeça e a trouxe para a realidade mais sombria. Isso a fez se lembrar de que estava presa em uma dimensão sombria. Tentou gritar, mas não ouviu a própria voz, exceto pela voz de uma mulher que parecia ser pronunciada dentro da própria cabeça.

— *Olívia, agora você pertence a meu mundo* — disse a voz, de forma inexplicável.

Olhava ao redor, mas só havia a escuridão. Lembrou-se de Natália, a única mulher que estava junto com ela no dia que foram atacadas pelo espectro, mas a voz era diferente. Tinha um tom suave, delicado e as palavras eram pronunciadas com perfeição.

— *Quem é você? Por que me trouxe aqui?*

Após alguns minutos de silêncio — se é que naquele mundo havia tempo, ouviu a mesma voz.

— *Eu sou o seu pesadelo mais sombrio.* — A resposta à pergunta que havia feito ecoava em seus pensamentos.

"Eu quero sair daqui", pensou Olívia.

— *Não caberá a mim essa decisão. Ela virá no tempo certo, mas posso lhe garantir que chegou a hora de você colher o que plantou.*

Olívia ficou pensativa. Recordou-se das diversas tentativas frustradas em que tentou matar a filha e que não teve sucesso. A melhor oportunidade que teve para ficar livre de Melissa foi quando trocou os seus remédios para dormir com a embalagem de doce, e que se não fosse pela maldita empregada que chamou Leonardo para socorrer a filha, teria ficado livre da pentelha.

Além da menina ter ficado diversos dias na UTI, teve que suportar as broncas do marido por meses consecutivos por ter se "descuidado" com a medicação. Isso sem contar as vezes que tentou deixar Melissa se afogar no clube, mas sempre tinha uma maldita alma caridosa ou um salva-vidas que sabe-se lá de onde surgia. Os planos literalmente foram por água abaixo quando Leonardo a colocou na escola de natação.

Fernando, o filho mais velho, não era problema. Já era um adolescente e não tardaria para sair de casa, seja para uma faculdade ou para um intercâmbio. O empecilho tinha um nome: Melissa.

Após o *flash* de recordações voltou a realidade fria e sombria. Estava presa em um mundo desconhecido. Sentia-se frustrada e apesar de tentar se fazer de boa samaritana para Leonardo, sabia que não tardaria para colocar um novo chifre na cabeça do marido. Era como o escorpião cuja índole era ferroar qualquer um que estivesse próximo.

Ignorou a voz que poderia ser apenas fruto da própria imaginação. Só precisava encontrar uma forma de sair daquela sinistra...

Dimensão desconhecida

◇◇◇

Yohanssem analisava com detalhes as imagens do circuito de segurança, que revelava Natália e Olívia saindo do quarto em chamas sem que os detectores térmicos mostrassem variação na temperatura. Elas ficaram inertes, de costas para o quadro, olhando para o meio do corredor, como se estivessem vendo um fantasma, imagem essa, captada pelas câmeras especiais aparecendo no *display* como uma mancha escura na forma humana. Isso, pouco antes das mulheres desaparecerem, como se tivessem sido engolidas pela pintura.

— Veja só doutor, as imagens desse vulto são idênticas as do dia em que minha filha desapareceu — disse Leonardo com os olhos fixos no monitor.

— Você tem razão, Leonardo. As imagens são iguais — respondeu Yohanssem com os olhos fixos na tela do celular de Natália, em especial nos vestígios de gordura deixado pelos dedos no *display* do celular, estudando uma forma de descobrir a combinação correta para conseguir acessar o aparelho.

Na terceira tentativa obteve êxito. Enquanto isso, Leonardo acessava as imagens da misteriosa mulher, só que de ângulos diferentes.

Yohanssem correu os olhos nas mensagens, até que encontrou fotos que foram enviadas para Natália por um psiquiatra, referindo-se a uma paciente chamada Circe. Nas fotos enviadas pelo psiquiatra havia uma sequência de números e letras.

Encontrou as anotações de Natália no celular na qual indicavam que as letras, quando colocadas na ordem correta, sugeria um nome: Melissa. Já os números nove e treze, não faziam sentido. Foi então que se lembrou da pesquisa de Leonardo, com um professor de Madrid. O nome da bruxa era Evon Zerte, cujas letras são anagramas que correspondem nove e treze, e por sinal, a bruxa era a única pessoa que sabia o paradeiro da filha que havia desaparecido após pintar a tela com Leonardo da Vinci. Segundo relatos, a tela era um retrato da filha de Evon

Zerte, que desapareceu de forma enigmática. Lembrou-se de que a tela foi vendida anos após a morte da velha bruxa, que conforme dizem os historiadores, Evon Zerte guardava a pintura da filha a sete chaves.

Até que o celular de Natália recebeu uma mensagem, quebrando o raciocínio de Yohanssem, que ao olhar para o aparelho ficou com as mãos trêmulas.

> Sra. Natália,
> Conforme solicitação, informamos que o material encaminhado para análise trata-se de sangue humano cujo DNA, da amostra referente ao suposto pai, tem 99,99% de chance de ser o biológico.
> No que concerne as lágrimas, elas são sugestivas de serem lágrimas do tipo sentimental, por apresentar diferença basal e reflexiva — contendo 1/4 a mais de proteínas, elevada concentração de potássio e manganês. Foram detectados hormônios 100 % humano.

— Incrível! O mistério começa a ganhar forma — disse Yohanssem, pensativo.

Leonardo Levantou-se da cadeira e foi em direção ao professor Yohanssem, enquanto o monitor mostrava as imagens das câmeras de segurança, onde podia se observar diversas vezes a imagem do vulto e de Olívia e Natália sendo sugadas para dentro da tela.

— O que foi doutor? Algo que possa nos ajudar? — perguntou Leonardo enquanto olhava para a barba do renomado parapsicólogo que estava cheia de restos de biscoitos. Tinha assuntos mais importantes para resolver, e o principal deles era não ir para a cadeia as custas do desaparecimento da esposa e de Natália .

Dois desaparecimentos eram mais do que suficientes para que a delegada o deixasse apodrecer na cadeia e sabia que Eliza estaria de mãos atadas para ajudá-lo, ainda mais por não ter nenhum álibi — exceto se o papai Noel decidisse abrir a boca tentando explicar o que estavam enfrentando —; que também era outro complicador, pois seria meio difícil a polícia acreditar na história de pessoas que foram engolidas por uma pintura a óleo sobre tela. Era mais fácil ganharem uma camisa de força e uma longa estadia em um hospital psiquiátrico.

— Lembra das amostras que coletamos da tela? Os resultados chegaram — respondeu Yohanssem, como se estivesse com o bilhete premiado da loteria em mãos, e de certa forma estava. As amostras eram a prova cabal de que presenciavam um fenômeno paranormal além de conseguir provar ao mundo a existência de uma dimensão, o que colocaria em xeque as teorias da física moderna.

— E qual foi o resultado? Isso pode nos ajudar em que? — Adiantou Leonardo, já percebendo que a situação que vivenciava era como uma bola de neve gigante prestes a arruiná-lo.

— Leonardo, com base nas imagens e nas mensagens do celular de Natália, acredito que exista uma forma de conseguimos trazê-las de volta. Eu fiquei calado o tempo todo, mas por uma boa razão. Sou observador, como você pode perceber, e não tenho dúvidas de que você está com medo de ir para a prisão por causa de todos os acontecimentos que presenciamos. Também estou receoso, pois indiretamente tenho participação nesta história e, portanto, também sou suspeito. Da mesma forma que você está enfrentando este problema com sua esposa e filha, eu preciso tirar Natália daquela tela.

Leonardo coçou a cabeça.

— Mas como iremos fazer isso? — perguntou Leonardo cabisbaixo.

Yohanssem percebeu que Leonardo não havia citado o nome da esposa e apesar de estarem superando problemas conjugais, Olívia também precisava de ajuda, ainda mais se tivesse feito o padre sucumbir-se aos prazeres carnais, uma clara evidência de quando encontrou a esposa de Leonardo no quarto do celibatário homem.

— E sua esposa também. — Adiantou Yohanssem, observando a reação de Leonardo.

Leonardo pouco se importava pela esposa. O veneno da traição circulava em seu coração. Era uma puta e como boa puta ela teve o merecia, pensou Leonardo.

— Sim, claro... Olívia. Precisamos ajudá-las ou... — disse enquanto engolia a saliva que se tornara mais espessa.

— Ou o que Leonardo? — Adiantou Yohanssem.

Leonardo ficou cabisbaixo e com a mão na fronte. Estava sem energias, mas decidido a oferecer a própria vida para salvar a filha.

— Ou teremos sérios problemas com a polícia. O desaparecimento de minha filha, de Olívia, de Natália e o suicídio do padre Paulo só complicam a situação. Me desculpe a expressão doutor, mas é muita merda para um ventilador só.

— Leonardo, temos duas opções. A primeira e avisar a polícia e isso irá abrandar a pena no futuro. Somos os principais suspeitos, independente de termos passado a tarde na delegacia. Até provarmos que as imagens das câmeras são reais e não uma fraude, vamos ficar confinados na prisão e lhe garanto que isso vai demorar, ainda mais aqui no Brasil, onde sabemos que a justiça é lenta. A segunda opção seria eu tentar resgatá-las daquela tela e praticamente tudo estaria resolvido, ficando pendente o suicídio do padre. Lhe asseguro que o depoimento de Natália nos ajudaria, aliado, é claro no reaparecimento de sua filha, mas para que eu leve a segunda opção adiante, vou estipular meu preço — disse Yohanssem com os braços cruzados sustentados pela imensa barriga.

— Espera aí, doutor? Eu já não lhe paguei antecipado? Não esperava que fosse um mercenário — disse Leonardo com o rosto ruborizado enquanto sentia o sangue ferver e fechando a mão para não socar a cara do Papai Noel. Não tinha mais nada a perder.

— Não sou mercenário, Leonardo. O meu preço e ficar com essa tela que representa um perigo para você, para sua família e para qualquer um que possa ficar com ela. Não me interesso se ela foi pintada por Leonardo da Vinci ou pela filha de uma bruxa. O que me interessa é que existe uma maldição nesta tela e outras pessoas podem se prejudicar ou morrerem por causa desta pintura. Isso tem que ter um fim. Não é justo que outras pessoas vivenciem uma situação semelhante a sua.

Leonardo coçou o cavanhaque. De fato, o velho gordo tinha razão. A tela era responsável pelo desaparecimento da filha e por ter transformado a própria vida num inferno. Mas quando pensava nos cinquenta mil dólares que havia arrematado a pintura, o valor falava alto, porém não tão alto como ter a filha de volta.

— Trato feito! A tela é sua, mas para isso quero minha filha viva e sem um arranhão.

— Leonardo, posso lhes garantir que essa pintura irá ficar em um lugar seguro, longe de curiosos e pessoas inexperientes. Não será comercializada e nem irei vendê-la. Apenas será catalogada e confinada numa caixa em um depósito secreto, na qual passará a eternidade longe de olhos curiosos ou gananciosos — respondeu Yohanssem com a face mais serena possível.

— Não me importo o que será feito da tela. O que quero é Melissa sã e salva. É claro que também quero que salve Natália e Olívia.

Yohanssem sorriu, enquanto limpava a barba. Estava feliz por ter omitido de Leonardo, que antes de confinar a tela iria estudá-la e provar ao mundo a existência de outras dimensões, mas essa parte Leonardo não precisava saber.

— Está decidido. Então, mãos à obra — afirmou Yohanssem.

Leonardo aproximou-se do velho obeso. Sim, tornara-se outra vez velho e obeso. Tinha a sensação de que havia levado uma rasteira, de ter sido passado para trás. Naquele momento, o que realmente importava era o bem-estar da filha.

— E como vamos tirá-las da pintura?

Yohanssem sorriu.

— Vamos usar um equipamento criado por um dos maiores gênios da humanidade. Usaremos o...

Gerador ectoplásmico de Tesla

◊◊◊

— O que é isso? — perguntou Leonardo. Já havia ouvido falar de Nikola Tesla, um austríaco e proeminente engenheiro mecânico com pesquisas na área de eletrotécnica, que foi considerado como um cientista louco.

Yohanssem riu. Guardou o celular de Natália no bolso e caminhou em direção de Leonardo.

— Leonardo, infelizmente não posso dar muitos detalhes sobre esse aparelho. Como deve saber, Nikola Tesla foi um gênio no campo do eletromagnetismo e muitas de suas invenções foram plagiadas e patenteadas por outros oportunistas. Se você tem um sistema de Wi-Fi ou é capaz de carregar o seu celular sem usar o cabo de energia, você deve agradecer a Tesla.

Leonardo aproximou-se de Yohanssem. Esse velhote só pode estar doido, pensou enquanto um sorriso branco brotou em sua face.

— Nunca ouvi falar de um gerador ectoplásmico. Sim, de geradores elétricos e corrente alternada, que se não me engano, era um dos grandes impasses que Tesla tinha contra Edson, o inventor da lâmpada.

Yohanssem riu, fazendo a volumosa barriga balançar para cima e para baixo.

— Você tem razão. Só que se você pesquisar um pouco mais irá descobrir que o laboratório de Tesla foi destruído por um incêndio, e há quem diga que o incêndio foi proposital, devido as pesquisas que Tesla desenvolvia, em especial a de oferecer energia limpa e gratuita ao mundo; e é óbvio que essa ideia causou pânico as grandes empresas que comercializavam a energia. Mas o fato é que diversas das invenções de Tesla foram guardadas a sete chaves por uma das maiores potências mundiais, e graças a um contato consegui a planta do gerador ectoplásmico, que teoricamente não tinha utilidade bélica e, portanto, não tinha serventia para o governo.

— E qual é a função desse gerador, Doutor Yohanssem? — perguntou Leonardo tentando ser paciente. Por outro lado, sabia que se algo acontecesse ao quadro, que era de interesse do doutor Yohanssem, quem iria sair perdendo seria ele, além de que na atual situação, qualquer ideia que lhe ajudasse a resgatar a filha seria bem-vinda.

— A função é simples. Esse gerador irá gerar um intenso campo magnético ectoplásmico em volta do quadro e abrir o portal que engoliu sua filha, Olívia e Natália. Também irá estimular a tela com uma carga elétrica. Em outras palavras, abriremos o portal em nossa dimensão para trazê-las de volta ao nosso mundo.

— Entendi professor, mas qual a probabilidade de que sua ideia funcione? — perguntou Leonardo, agarrando-se a uma pequena luz de esperança no fim do túnel.

Yohanssem caminhou de um lado a outro, na pequena sala de circuito de segurança. Olhou para Leonardo.

— Sinceramente, Leonardo, não sei. Posso lhe garantir que é nossa melhor chance. Só temos um problema.

— Como assim, problema? Mais problemas além dos que já temos? — questionou Leonardo com a voz áspera, deixando a elegância de lado.

— O gerador nunca foi testado. Nikola Tesla apenas imaginava suas invenções já prontas e as desenhava no papel. Dizem que ele tinha visões das invenções já prontas e que a maioria deu certo.

Leonardo caminhou de um lado a outro, enquanto limpava com o dorso da mão o suor que escorria pela fronte.

— Não vejo problema caso o gerador não funcione — adiantou Leonardo. Se ele não funcionar iremos ficar na mesma situação e teremos que pensar em um outro plano. Confesso que já tentei de tudo, desde sessão espírita até a umbanda. Fiasco total.

— O problema não é bem esse, Leonardo. É que como o gerador nunca foi testado, existe o risco de explosão.

Leonardo ficou pálido e começou a roer a unha.

— Explosão? Não podemos correr o risco de destruir a tela. Se isso acontecer Melissa, Natália e Olívia morrerão.

Leonardo seguiu Yohanssem, até a copa. O doutor olhou através da janela, onde o sol já começava a se esconder por trás da linha do horizonte alaranjado na imensa capital mineira.

— Leonardo, não estou falando de uma pequena explosão. Um amigo graduado em engenharia e em física ficou perplexo ao ver o esboço do gerador quântico de tesla. Se der errado, teremos uma explosão equivalente a energia de uma ogiva atômica, de menor intensidade, porém capaz de destruir tudo o que está em volta de sua casa em um raio de quinze quilômetros.

Leonardo puxou uma cadeira e sentou-se. As pernas haviam amolecido, o rosto tornou-se pálido enquanto sentia o coração acelerar até as mãos ficarem trêmulas e frias.

— Doutor, você disse que esse gerador nunca foi test... testado? — perguntou gaguejando.

Yohanssem sentou-se ao lado de Leonardo.

— Infelizmente não. Essa pode ser nossa única chance, antes de que a notícia dos desaparecimentos vaze para a imprensa. Se isso acontecer, tenho absoluta certeza de que sua pintura será confiscada e a probabilidade de você tê-la de volta é próxima de zero. Isso, é claro, sem contar que nessa pintura estão aprisionadas sua filha, minha melhor pesquisadora, sua esposa e acredito eu, a discípula de Leonardo da Vinci. As imagens que temos de suas câmeras de segurança, as imagens térmicas, é a prova de nossa inocência. Só que infelizmente existem pessoas influentes que quando souberem desse retrato, farão de tudo para colocar as mãos nele, é claro que com intenções menos nobres do que a nossa.

Leonardo ficou pensativo, o Papai Noel tinha razão. Só iriam conseguir provar a inocência dos desaparecimentos através dos vídeos, mas isso levaria tempo e viria a público, e com certeza a pintura correria o risco de cair nas mãos de terceiros para "supostos estudos", e perderia a tela para sempre, junto com possibilidade de resgatar a filha, Natália e Olívia.

— E onde encontraríamos essa máquina criada por Tesla? Mesmo que você tenha conseguido o projeto, construir essa máquina levaria dias e tempo é algo que não temos no momento. Não irá demorar para que a polícia acessasse os vídeos de segurança daqui de casa para investigarem o suicídio do padre. Com certeza vão encontrar a imagem do desaparecimento de Olívia e Natália, bem como seremos intimados para prestar esclarecimentos. Se isso vir a público, estarei metido na maior enrascada de minha vida.

Yohanssem pegou uma maçã da fruteira e olhou para Leonardo.

— Concordo com você, exceto por um detalhe. Antes de vir para o Brasil, encaminhei as caixas para seu endereço, na esperança de não precisar usá-las. O aparelho já foi construído e como lhe disse, nunca foi testado; teremos apenas que montá-lo. As caixas que chegaram hoje pela manhã, quando estávamos sendo conduzidos para a delegacia são as peças do gerador. Sua empregada mandou colocá-las no depósito. Acredito que no máximo em nove horas consigo finalizar a montagem. Com sua ajuda, talvez em até menos tempo.

Leonardo olhou para o relógio de pulso. Já se aproximava das 19h, se começassem a trabalhar poderiam ligar o gerador por volta das 3h, e talvez despedir-se do mundo ou quem sabe, libertar todos que estavam aprisionados na pintura.

Chegou a pensar nos inocentes que corriam o risco de morrer, caso o gerador explodisse. Não queria ser um dos responsáveis por provocar uma catástrofe de proporção imensurável na cidade de Belo Horizonte.

— Doutor, se este gerador explodir, milhares de pessoas inocentes irão morrer. É correto o que pretendemos fazer?

Yohanssem olhou para Leonardo após dar uma longa mordida na maçã.

— Você deve ter ouvido falar que alguns cientistas estão tentando encontrar o bóson de Higgs, popularmente conhecido como *A partícula de Deus*. O que eles não contam é que segundo as teorias do falecido Stephen Hawking, a descoberta desta partícula, através da flutuação quântica, criará uma bolha de vácuo que de forma potencial se expandirá pelo espaço, destruindo o universo. E essa destruição ocorrerá na velocidade da luz. O gerador ectoplásmico a que me refiro, foi criado por um gênio e, espero eu que as chances de que algo de errado, sejam bem remotas. Confio milhões de vezes mais em Tesla do que nos cientistas responsáveis pelo acelerador de partículas. Se olharmos para esse lado do prisma, a qualquer momento, milhares de pessoas inocentes podem morrer, seja pela pesquisa do bóson de Higgs ou até mesmo por uma guerra nuclear. É um risco que temos que estar dispostos a correr.

Leonardo levantou-se da mesa. Yohanssem era um gênio ou um louco, mas nas atuais circunstâncias era sua única e melhor opção. Ficou cabisbaixo e pensativo por alguns minutos.

— Está bem, doutor. Então mãos à obra. Só que antes, quero telefonar para meu filho Fernando, e dizer a ele que em breve vou trazer a irmã que ele tanto ama de volta.

Yohanssem sorriu. Um sorriso forçado misturado com sofrimento. As palavras de Leonardo faziam sentido. Inocentes poderiam morrer. O que havia guardado em segredo, era que existia uma única forma de parar o gerador ectoplásmico, caso ele iniciasse uma reação em cadeia. Mas para isso, teria que estar disposto ao...

Sacrifício

◇◇◇

Olívia flutuava de um lado a outro, incomodada pela escuridão que lhe atordoava.

"Preciso sair daqui, mas como?", pensava enquanto sentia que a garganta doía de tanto gritar, mas em vão. Era desesperador vagar em uma dimensão sombria e desconhecida.

"Isso só pode ser um pesadelo por causa daqueles malditos remédios", disse para si mesma enquanto se beliscava, a ponto de sentir uma dor intensa que transformavam o pesadelo em realidade.

Fechou os olhos. A escuridão continuava ali, fria e cruel.

"Porque eu vim parar aqui, neste maldito lugar?", pensou enquanto abria e fechava os olhos, na esperança de que uma imagem se formasse e revelasse a saída.

De repente já não estava no escuro, o local lhe parecia familiar e se esforçou para reconhecer. Olhou para as paredes cheia de espelhos, assim com o teto e sob ele, uma cama redonda ao lado de uma banheira de hidromassagem, uma pequena mesa situava-se um pouco distante da cama com um vaso de rosas artificiais vermelhas.

Aproximou-se da cama, nela havia um casal. Estavam nus, tinham os corpos parcialmente cobertos por um fino lençol que delineavam as curvas do corpo de cada um. O casal era incapaz de vê-la. Foi então que identificou o homem que estava deitado ao lado da mulher.

Era Jorge, o falecido amante. Sentiu saudades. Sabia que ele estava morto, e o que estava vendo devia ser uma maldita alucinação. Aproximou-se como um fantasma, pois estava imperceptível ao casal. Foi quando deu um passo para trás e as mãos começaram a tremer. A mulher deitada ao lado de Jorge era ela mesma.

"Como isso é possível, o que está acontecendo?", pensou enquanto olhava o casal beijar-se como se fossem dois adolescentes em meio à uma explosão de sexualidade.

Era impossível explicar como ela poderia estar assistindo a si mesma ao lado do homem que tanto lhe incendiou o coração.

"Isso só pode ser um pesadelo", pensou.

Até que ouviu a conversa do casal.

— Você é boa de cama Olívia e é gostosa demais! — disse Jorge, enquanto acariciava os peitos de Olívia.

— Você é bem melhor na cama do que Leonardo — respondeu a imagem de Olívia. — Não adianta querer colocar panos quentes no assunto. Como iremos fazer para nos livrarmos dele e da pentelha? — perguntou Olívia enquanto afastava as mãos do amante do próprio peito.

Jorge riu. Aproximou a cabeça de um dos peitos de Olívia e começou a chupá-lo com vigor e mais uma vez Olívia o afastou.

— Para com isso! Estou no meio de um assunto sério!

Jorge cruzou os braços por trás da cabeça, recostado ao travesseiro.

— Já lhe disse que vou me encarregar de Leonardo. Só que tem que parecer acidente. Contratei um amigo meu que irá na garagem do prédio em que trabalhamos e irá sabotar o carro do seu marido, de forma que pareça acidente, já a pentelha você terá que cuidar dela — respondeu Jorge enquanto Olívia virou de lado e lhe afagou o rosto.

— Hoje à tarde vou por veneno no suco dela. Vou deixar as embalagens do veneno junto com a embalagem do suco. Depois eu culpo a retardada da minha empregada — disse Olívia, enquanto segurava as mãos de Jorge e lhe beijava as pontas dos dedos.

— Não se esqueça de apagar suas impressões digitais do veneno, meu bem. Mande a empregada guardar o pote em outro lugar. Assim a embalagem irá ficar cheia das impressões digitais de sua empregada. Peça para sua empregada deixar o suco pronto. Quando ela for embora, use uma luva de látex e coloque o veneno no suco de Melissa, e usando uma luva pegue a embalagem com as impressões da empregada e coloque o pacote aberto do veneno junto com as embalagens de suco.

— Já sei — respondeu Olívia. — Assim que a menina morrer eu chamo a polícia e peço para mandarem uma ambulância, para não levantar suspeitas. Quando ela chegar no hospital e constatarem que Melissa está morta, os médicos irão desconfiar de envenenamento. Então, vou dizer a polícia que dei o suco que a empregada havia feito. Eles vão voltar comigo para minha casa e colher as amostras para enviar para análise. Vou me fingir de idiota e pegar o recipiente com as embalagens de suco, até que o policial encontre a embalagem do veneno com as impressões digitais da empregada. Eles vão levar a embalagem para a perícia e vão descobrir que as impressões são da empregada.

Jorge riu. Estava feliz, pois sabia que em breve estaria morando com uma gostosa que iria herdar todo o dinheiro dos pais de Olívia, que eram desembargadores, ricos e influentes. Quanto ao menino, Fernando, se encarregaria do moleque em outro momento.

— Aí, seu marido irá ficar sabendo que sua menina morreu, irá pegar o carro sabotado e irá correndo até o hospital ou necrotério. Também vai se ferrar, pois irá morrer por causa de um acidente. O cara que eu chamei para sabotar o carro do Leonardo é um amigo meu que tá na condicional. Ele era mecânico, e irá preparar o carro que, depois de cinco minutos ligado, irá começar a acelerar e perder o freio, além de que ele vai desativar os *airbags* e deixar o cinto de segurança sem as travas.

A imagem de Olívia se retorceu de prazer. Abraçou Jorge o amante e num beijo intenso, enquanto sentia o calor do corpo do amante. Naquele momento singular, o tempo parecia não existir.

Olívia, sim, a verdadeira Olívia continuava a flutuar, assolada por um único pensamento.

"O que foi que deu errado?", perguntava para si mesma esperando que a escuridão, como da vez anterior, lhe trouxesse uma resposta. "O plano era perfeito", pensava.

A escuridão foi se dissipando. Já não estava mais no motel com Jorge. Desta vez estava em casa e pode ver as crianças indo para a escola — ambos estudavam no período da manhã —, e viu Leonardo entrando no carro importado e saindo do veículo com alguns papéis e o celular na mão.

Leonardo aproximou-se do portão e o abriu. Era o motorista da empresa que havia chegado.

— Bom dia, Murilo. Queria que levasse meu carro para a revisão e peça, por favor, para que deixem pronto no máximo para amanhã à tarde.

— Não se preocupe, doutor Leonardo. Tenho um conhecido na concessionária que me garantiu que vai deixar o carro pronto já pela manhã. Seu carro será o primeiro da revisão.

— Que ótimo, Murilo. Tome pegue as chaves e dirija com cuidado! — disse Leonardo enquanto jogava a chave do veículo importado como se fizesse um passe de bola de basquete.

Olívia viu o jovem entrar no carro e em menos de minutos, viu um motorista chegar com um carro preto e abrir a porta para levar Leonardo para o trabalho. E tudo se tornou mais uma vez em escuridão, até que mais uma vez ganhou luz e forma.

Desta vez estava na garagem do prédio onde era o escritório de Leonardo, e um homem caminhava pela garagem usando um macacão de mecânico e carregando uma caixa de ferramentas.

O macacão estava com as alças soltas, exibindo uma camiseta branca, onde havia a imagem de uma caveira fumando um charuto. Um dos braços destacava uma tatuagem, destas feitas com tinta de caneta nos presídios, onde estava escrito com erro de inglês: "Marta I have many love for you", logo abaixo de um desenho de coração tribal. Os cabelos eram longos, lisos e pretos que contrastavam com a pele branca.

Olívia tentou se recordar sobre quem era aquele homem, até que viu ele parar no meio da garagem como se procurasse por alguém.

Ele apagou o charuto em um dos pilares de sustentação do prédio e o jogou no chão.

A imagem de Olívia estava diante dele e ele não a via.

— Onde está a droga do carro que aquele idiota do Jorge me falou? Que porra! — disse o homem olhando para os carros estacionados. — Ele me disse que era o carro mais chique, mas qual? Nesta bosta de lugar só tem carrão!

O desconhecido retirou o celular do bolso e tentou ligar para Jorge, mas estava com pouco crédito no aparelho. Foi então que ele viu um carro novo, preto e luxuoso estacionado próximo à entrada, em uma das vagas reservadas ao escritório de advocacia.

Olívia reconheceu o carro na hora. Era o carro de Jorge, que havia retirado do consórcio, cujas parcelas ela mesma havia ajudado a quitar. O estranho aproximou-se do carro, colocou a caixa de ferramentas ao lado e começou a preparar o veículo, como havia prometido.

De repente desapareceu da garagem. Via Jorge atrás de um monte de processos dentro do escritório, olhando para o celular, que havia recebido uma mensagem: "Serviço feito!". Jorge riu e guardou o aparelho no bolso, sem saber que estava apenas a algumas horas da própria morte.

Foi então que Olívia compreendeu a gravidade da situação e pôr fim a causa do acidente de Jorge. Recordou-se das palavras de Leonardo: "Foi esmagado em meio a ferragem do carro que estava dirigindo. O acidente foi terrível, pois ele teve a cabeça decepada". Se lembrou do choro preso e da aflição que passava ao descobrir sobre a morte do amante e não ter ninguém para ser sua confidente. Ela e o amante haviam planejado o suposto acidente de Leonardo, mas Jorge havia cometido algum erro. Talvez não tenha informado a placa do veículo, ou talvez uma fatalidade resultada da ação impensada de um ex-presidiário idiota.

A escuridão reapareceu, até que no fundo um ponto de luz intenso começou a brilhar e dela surgir uma linda mulher, loira, usando um vestido azul e longo. A pele branca realçava com os olhos azuis e o lábio escarlate. Olívia recordou-se da imagem. Era a mulher da pintura na qual havia lhe ajudado a desaparecer com a pentelha.

Então, palavras eram pronunciadas dentro da própria cabeça, não sabia como explicar. Apenas sabia que as palavras eram da mulher que aparecia em sua frente.

— Olívia, existem pessoas que não merecem viver e você é uma delas. Como pode desejar matar a própria filha, o marido e deixar que seu amante planejasse algo para tirar a vida de seu filho?

Olívia percebeu que podia se comunicar com a mulher através do pensamento, e talvez ela fosse a única pessoa que poderia ajudá-la a sair daquele lugar.

— Eu não sei do que você está falando. E quem é você?

A mulher riu, o sorriso era cativante.

— Achei que fazê-la recordar-se dos momentos com seu amante iria lhe ajudar a refrescar sua memória. Eu sei da verdade. Eu sei que você queria matar seu marido e sua filha.

— Eu jamais pensei em matar Fernando.

A loira riu, enquanto se aproximava da forma de um zoom visto em um celular.

— Você não, mas Jorge sim. Tenho certeza de que ele iria lhe convencer a fazer o mesmo. Vocês eram cúmplices ou já se esqueceu disso?

— Quem é você, e como sabe meu nome, o nome de Jorge e de minha família?

— Sei muito mais do que você pode imaginar. Também sei que minha maldição está prestes a terminar, pois minha missão é proteger sua filha de pessoas como você. Por isso a trouxe até aqui. Após anos, finalmente irei ter a minha liberdade!

— Quem é você? — perguntou Olívia com a voz desesperada para o espectro de luz.

— Quem sou eu? Qual a importância em saber quem eu sou, se você não irá viver para poder pronunciar meu nome? Seu tempo está acabando.

— Você é louca! — afirmou Olívia para o espectro da mulher que pairava diante de si.

— Não sou louca. A única doença neste mundo que precisa ser dizimada em meu universo sombrio é você. Não lhe interessa saber meu nome, apenas que fui aprisionada nessa tela para me protegerem da Santa Inquisição e nessa nova dimensão descobri que minha missão também é proteger Melissa, até o dia que ele ressurgisse e pusesse fim ao feitiço.

— Ele quem? — perguntou Olívia, enquanto o coração disparava. Só podia estar dentro de um sonho ruim.

— Isso não é um sonho ruim. E não lhe interessa saber quem é ele. Você se arrepende de seus atos de maldade?

Olívia sabia que não adiantava mentir. Aquele estranho aspecto de mulher conseguia ler a sua mais profunda essência.

— Não tenho nenhum arrependimento a não ser pela morte de Jorge. Odeio essa menina e quero que ela e meu marido morram! Se não fosse pelos meus pais idiotas eu estaria com o bolso cheio de dinheiro. Eles já deviam ter morridos, mas meu pai sabe bem quem eu sou e me controlam desde minha infância. Eu só quero sair dessa maldita escuridão.

A mulher da pintura riu. Sabia que a maldade de Olívia perduraria por todo sempre, assim como os pescadores que havia matado, cujas esposas desconheciam que eles eram estupradores.

A maldade está adormecida dentro de cada um. Basta um estímulo e ela se desperta, revelando o lado mais sombrio de cada um de nós, pensou a bela mulher do retrato.

— Quais serão suas últimas palavras, Olívia?

Olívia olhou para a estranha mulher.

— "Vá se foder!" — disse com toda a força de seu pensamento.

Camille riu, aproximou-se de Olívia, inclinou com suavidade a cabeça, enquanto olhava para os olhos da esposa infiel e da mãe que planejava a morte da filha. Então o corpo de Olívia começou a se incinerar.

Olívia sentia que o próprio corpo estava pegando fogo, o cheiro de carne humana queimada a sufocava. O grito de dor era silencioso e inaudível, exceto para si mesma. Seus últimos pensamentos eram as palavras de Camille Claire.

— É dessa forma que as verdadeiras bruxas devem morrer. Para que o bem prevaleça, às vezes se faz necessário o sacrifício.

Sim, este foi o último pensamento que pairou na mente de Olívia antes de tudo tornar-se em uma eterna...

Escuridão

◇◇◇

O corredor da casa de Leonardo tornara-se mais estreito, devido aos diversos cabos que ocupavam grande parte do espaço e direcionavam-se ao estranho aparelho que acabava de ser montado logo abaixo da pintura misteriosa. Aos olhos dos mais leigos, o aparelho era semelhante a uma máquina de café expresso profissional, sendo as torneiras, substituídas por grossos fios que saiam e estavam conectados a pintura que Leonardo havia arrematado.

Yohanssem enxugou o suor na manga da camisa. Estava finalizando a montagem do gerador ectoplasmático de Tesla. Olhou para o relógio de pulso, os ponteiros aproximavam-se de 2h30min.

"Só faltam alguns ajustes e em breve vou tirar Natália desta maldita tela", pensou o doutor com uma pequena chave inglesa não mãos, enquanto apertava os parafusos.

Yohanssem olhou para a tela, um objeto inanimado que lhe trouxera tormento, apesar de insignificante ao se comparar a dor de Leonardo. Para sua surpresa percebeu que a imagem de Olívia havia desaparecido, restando Natália, Melissa e a mulher misteriosa de vestido azul.

"O que isso significa?", pensou Yohanssem enquanto ajeitava a longa barba branca.

—A imagem mudou e eu nem percebi... — falou em voz baixa, enquanto a chave inglesa retomava os ajustes finais na criação de Tesla.

Após apertar o último parafuso, seguiu até o quarto de visitas, pegou o *laptop* e o conectou ao gerador ectoplasmático. Um amigo havia desenvolvido um *software* que permitiria controlar o gerador.

"Isso tem que funcionar, se falhar pessoas inocentes morrerão", pensou enquanto conferia todas as conexões e verificava o manual. Lembrou-se da frase do colega engenheiro elétrico, mecânico e físico: "Yohanssem, não sei onde você encontrou o esboço desse gerador ectoplásmico. Fiquei assustado quando vi a assinatura de Nikola Tesla.

Confesso a você que sou incapaz de chegar aos pés da genialidade de Tesla e não consigo imaginar esse aparelho funcionando. Minha preocupação por ter construído esta máquina é que Tesla nunca testava suas invenções. Ele tinha uma genialidade inexplicável, conseguia ver suas invenções prontas e sempre funcionavam. O meu receio com este projeto é que se algo sair errado, você colocará vidas em jogo. Se der errado, nós teremos construído uma minibomba atômica, com grande poder de destruição. Sugiro que apresente esse nosso protótipo para alguns físicos renomados, para que eles testem com segurança essa máquina que acabamos de construir."

Yohanssem sabia que o funcionamento do gerador poderia dar errado, mas era inconcebível apresentar o projeto à pessoas que não confiasse. Sabe Deus o uso que poderia acontecer caso caísse em mão erradas, uma máquina que supostamente permitiria ao homem explorar dimensões desconhecidas. Seria irônico os cientistas descobrirem as passagens dimensionais, e até mesmo para outros planetas, portais dimensionais, conforme foi deixado bem claro por Tesla, estava desenhada há anos embaixo dos narizes dos principais pesquisadores, cujos pensamentos estavam direcionados em descobrir novos planetas através de viagens inconcebíveis pelo espaço e com custos altíssimos.

Voltou com o *laptop*. Sabia que a máquina de Tesla tinha um tendão de Aquiles, mas desejava, com sua mais profunda essência, que não precisasse utilizá-lo.

— Está pronto! — murmurou olhando para o equipamento conectado a diversos fios e cabos, que parecia o laboratório de um cientista louco que havia saído de algum filme de ficção científica.

Foi então que se lembrou de Leonardo, que o ajudou a carregar as caixas e depois sumiu. Olhou para o relógio, já se aproximava das 3h.

"Talvez ele tenha caído no sono", pensou enquanto caminhava pela casa à procura de Leonardo.

Ouviu um som, vindo da copa. Dirigiu-se a ela.

Ocupando mais da metade de uma parede, havia um barzinho rústico construído com madeira de imbuia, onde taças de cristais para os mais variados tipos de vinho ficavam penduradas, iluminadas por uma luz fluorescente, próximas a alguns vinhos selecionados para as diversas ocasiões e outros tipos de bebidas dispostas a atender o mais variado paladar de amigos exigentes.

Debruçado sob o barzinho estava Leonardo, ao lado de uma garrafa de vodca pela metade.

— Leonardo, você está bem? Preciso de sua ajuda!

Após ouvir o copo cair e espatifar-se pelo chão em mil pedaços, Leonardo levantou a cabeça e olhou para Yohanssem.

— Minha vida é uma bosta! — disse, enquanto custava para abrir os olhos.

De fato, Leonardo estava vivendo sob imensa pressão, e o autocuidado já havia sido abandonado a um bom tempo. Os cabelos longos, a barba por fazer, que já havia se misturado ao cavanhaque, e as olheiras das noites em claro. Isso sem contar o casamento que estava à beira de um desfiladeiro. Pelo menos era o que Leonardo havia dito, mas mantendo discrição e uma certa distância dos acontecimentos da vida conjugal.

— Leonardo, eu preciso de você sóbrio! Me perdoe, mas esse não é o melhor momento para você colocar para fora suas frustrações. Preciso de sua ajuda para retirarmos daquela tela, sua filha, sua esposa e Natália.

— Retirar aquela puta de dentro do quadro? Eu quero que ela se foda! Na verdade, era ela quem era para estar dentro daquela merda de pintura e não minha filha. Tá vendo como o mundo é injusto?

Yohanssem aproximou-se e se sentou ao lado de Leonardo. Sabia que ele estava desabafando, só que havia escolhido a hora mais imprópria. Afastou sem que Leonardo percebesse a garrafa de perto dele. Olhou para o barzinho e retirou uma bebida energética e a colocou em um copo, servindo o amigo semiembriagado.

— Beba isso, irá lhe ajudar a recuperar. Precisamos tentar tirá-las de lá o mais rápido possível — afirmou Yohanssem, colocando o copo ao lado de Leonardo.

— Aquela vagabunda me traiu com meu funcionário. Nunca lhe falei isso, mas um dia quando fui buscar meu filho na escola, eu vi minha esposa deixando o carro dela em frente à escola e encontrar com meu funcionário, Jorge. Ela o beijou e entrou no carro com ele e foram para um motel. Eu me senti... Um idiota, um inútil. E para desabar meu dia, minha filha desapareceu. A única boa notícia que tive naquele dia, foi que o filho da puta morreu.

— Leonardo, sei que você passou por uma situação complicada. Só que temos assuntos mais importantes pendentes. Precisamos salvar sua filha e minha assistente de dentro do quadro.

— Ah, doutor, não podemos nos esquecer da puta — afirmou Leonardo, com a voz amargurada, enquanto um filete de baba escorria pelo canto da boca.

Leonardo pegou o copo e em um gole só, bebeu o energético que Yohanssem havia lhe oferecido.

— Leonardo, sei que você não se importa com Olívia, mas querendo ou não, ela ainda é sua esposa, pelo menos até que vocês estejam separados legalmente. Em minha opinião, você deve olhar para você e continuar sua luta para salvar sua filha, sem se esquecer de seu filho, pois eles precisam de você.

— O senhor tem razão doutor... Me desculpe.

— Preciso de você, e sóbrio. Consegui terminar a montagem do gerador ectoplasmático. Está tudo pronto, mas vou precisar de sua ajuda, pois se eu conseguir abrir o portal que nos leve para dentro da dimensão do quadro, vou precisar que alguém entre e encontre a criança e outra pessoa fique operando o gerador.

Leonardo olhou para Yohanssem, vendo tudo duplicado. O mundo girava em uma velocidade lenta, a bebida desacelerava seus pensamentos e naquele momento sublime, sabia que era feliz. Sim, um homem corneado, mas feliz.

— Pode ir, doutor. Só vou acabar com esse energético e lavar meu rosto para me recompor e estou indo para lhe ajudar.

Yohanssem percebeu que Leonardo fora sincero e talvez um pouco de bebida abrandaria as emoções, é claro que na dose certa.

— Estou lhe aguardando, Leonardo — afirmou Yohanssem seguindo em direção ao corredor.

Leonardo olhou para a garrafa de energético e ficou pensativo por alguns minutos. Melissa e Fernando eram suas duas únicas razões para continuar vivo. Por outro lado, o sofrimento que Olívia lhe causou era como um câncer incurável, que consumia a própria alma, cuja dor tornava-se mais intensa com o passar dos dias.

Pegou a garrafa de vodca, a colocou na boca e em goles longos, via as bolhas de ar ocupar o espaço interno da garrafa que já tinha menos da metade de seu volume. Após esvaziá-la, limpou o canto da boca com a mão enquanto a bebida amenizava sua dor. Levantou-se, deu a volta no barzinho, percebeu que a copa estava rodando e as pernas estavam moles. Mas a dor, sim, a dor tornava-se suportável, mas ainda era capaz de consumi-lo.

Retirou algumas garrafas, e a seguir um tampo falso, revelando um *display* digital. Um cofre, codificado. Digitou a senha e o abriu. Dentro do cofre, havia uma pistola 0380 e logo se certificou de que estava carregada.

Colocou o cano da arma dentro da boca. Doeu quando o cano frio do aço machucou o lábio contra os dentes, sentiu o gosto de sangue. Começou a pressionar o gatilho, os dedos pareciam ser mais fortes do que as pernas.

Lembrou-se Olívia, a imagem dela beijando Jorge repassava na memória como se assistisse a um filme. O mundo rodava. O mundo que estava prestes a deixar para trás.

No exato momento em que encontrou a força necessária para puxar o gatilho, viu surgir diante de si uma mulher. Ela era bela, a mais bela mulher que já havia visto. Ela era loira, com lindos olhos azuis como o azul do oceano. Os cabelos encaracolados realçavam o longo vestido azul. Naquele instante ficou paralisado, ela aproximou-se sem andar.

"Isso é estranho", pensou Leonardo enquanto via aquela mulher flutuando em sua direção. Sabia que a conhecia de algum lugar, mas também sabia que havia bebido demais e que a bela mulher podia ser apenas um devaneio criado pela imaginação estimulada pela garrafa de vodca. O dedo de Leonardo paralisou no gatilho.

A linda mulher aproximou-se e retirou a arma da mão de Leonardo, e em uma explosão de cores e pontos cintilantes, que como flocos de neve, caiam ao chão, a mulher desapareceu por completo, da mesma forma que a arma.

Leonardo começou a chorar em silêncio. Não queria chamar a atenção de Yohanssem. Por um instante, quase tirara a própria vida, lembrou-se de Olívia, e era estranho, pois naquele momento os sentimentos pela esposa haviam desaparecido. Apenas conseguia pensar na linda mulher, talvez um anjo da guarda fruto da própria imaginação, bem como pensava em Melissa, a filha desaparecida.

Respirou fundo. O mundo continuava a girar, só que desta vez com menos dor.

— Minha filha, tenho que trazê-la de volta. Se for preciso irei até o inferno para encontrá-la. O que interessa é que ela esteja bem — sussurrou com palavras arrastadas, enquanto caminhava ao encontro do Doutor Yohanssem. — Vamos Leonardo, não deixe o Papai Noel perceber que você não está bem — disse para si mesmo, enquanto o corredor e o professor tornavam-se cada vez mais...

Distantes

◇◇◇

"Quanto tempo se passou?", perguntou Natália para si mesma enquanto continuava a flutuar em meio a um breu sem fim, ao tempo em que podia sentir as mãos de Melissa envolvidas na própria cintura, numa tentativa desesperada para não perdê-la.

"Pobre criança, presa nesta maldita dimensão... E eu sequer tenho ideia do tempo que se passou. Essa escuridão é capaz de enlouquecer qualquer pessoa, até as que tenham nervos de aço. Preciso sair daqui com essa menina", pensou enquanto afagava a cabeça de Melissa.

Foi então que conseguiu ver um pequeno ponto luminoso azul, distante de onde estava, o que já era uma luz no fim do túnel e que aos poucos foi se aproximando.

Até que já não estava mais na escuridão. Uma nova imagem surgia diante de seus olhos, de um lugar que outrora lhe fora familiar, enquanto o coração acelerava.

— Isso não pode ser possível! — disse para si mesma.

Uma velha e humilde casa, construída na cidade de Brotas, em São Paulo, nas margens do rio Jacaré; cidadezinha pouco conhecida pelo pequeno tamanho e quase engolida pelas cidades vizinhas maiores.

— Isso não pode ser real... Isso é um pesadelo— repetia Natália para si mesma.

Começou a caminhar por uma pequena trilha de terra em meio a grama verde, em direção a velha casa, onde as paredes descascadas eram iluminadas pelo sol.

O trator enferrujado e abandonado jazia sobre a sombra de uma jabuticabeira carregada, ao lado de um bebedouro. Continuou caminhando em direção a porta de madeira, até que ouviu latidos.

— Duquesa! É você! Eu não acredito! — exclamou ao ver a velha cachorra vira-lata preta com manchas brancas, como se alguém tivesse atirado um copo cheio de tinta branca, que se aproximou e sentou-se diante de Natália.

A cachorra era pele e osso, e de algumas feridas brotavam larvas, que com frequência a cadela fazia questão de coçar até sangrar.

Natália foi afagar a duquesa e percebeu que a mão atravessou a cabeça da cadela, que a seguir caminhou em direção à margem do rio Jacaré como se fosse beber água e ali se deitou. A vira-lata estava fraca demais, até para beber água.

Um aperto dominou o próprio peito, uma mistura de angústia e medo. Olhou para a casa, e continuou a caminhar em direção à porta, que parecia mais velha.

A grama estava alta próximo da casa, como se tivesse sido abandonada. O velho sino de vento oscilava de um lado a outro, emitindo um som tranquilo e confortante. Aproximou-se da porta.

Recordou-se do quanto era feliz, de quando tinha oito anos. A casa era pequena, apenas uma sala, uma cozinha onde a mãe, diante de uma pia de cimento, sempre preparava um prato especial enquanto aguardava o pai chegar do trabalho trazendo algum mimo. As vezes uma boneca, um doce ou um laço de cabelo. Gostava de esperar pelo pai naquela velha porta na qual estava diante de si, e quando avistava o pai chegando pela trilha, corria em sua direção que a segurava pela cintura e a jogava para o alto, bem alto... Naqueles momentos sabia que podia voar!

Mas a porta estava velha e desgastada. Aproximou-se mais e encostou o ouvido na madeira da porta. Ouviu vozes, parecia que havia diversas pessoas conversando dentro da velha casa. A abriu e entrou na esperança de encontrar o pai ou mãe, ou quem sabe a casa vazia, pois ela estava velha e não teve mais notícias dos pais desde que se mudou-se para o exterior.

Ao abrir a porta sentiu as pernas paralisarem e perder a força a ponto de cambalear. No meio da sala estava o caixão, onde jazia o corpo moribundo da mãe. Começou a chorar com a toda força que tinha no coração. Um choro aprisionado há anos, que ansiava por liberdade. Em volta do caixão havia cinco pessoas, e não as conhecia.

Aproximou-se do caixão. O rosto de Elvira era pálido e o osso zigomático da face sobressaliente, era o oposto da orbita ocular afundada e com olheiras. Os lindos cabelos ondulados, que orgulhava ter puxado da mãe haviam caído, haviam desaparecido, e para contrastar, em volta da cabeça amparada por um travesseiro branco, flores do campo amarela foram estrategicamente colocadas.

Então uma mulher gorda com rabo de cavalo começou a conversar com um homem moreno, de cabelos grisalhos e de óculos que estava ao lado do caixão. As outras três pessoas estavam sentadas no sofá.

— Eu cuidei de Elvira em seus últimos momentos no hospital. Triste, não? Uma pessoa acabar assim, sozinha no mundo — disse a mulher enquanto afagava o rosto de Elvira.

Natália não conseguia entender. Antes de mudar-se para fora do Brasil, a contragosto da mãe, havia a deixado com o pai.

— Pobre, Elvira. Primeiro a filha depois o marido. Não é qualquer mulher que suporta isso — respondeu o homem com cabelos grisalhos, com a frase carregada de seriedade.

— Ela tinha filha? Quando estava cuidando dela no hospital, ela só falava que o marido havia enlouquecido e morrera internado numa instituição psiquiátrica. Não sabia que ela tinha uma filha — afirmou a mulher.

— Você não sabe da metade da história — disse o homem enquanto tirava os óculos, pendurando-os na camisa. — Eu conheci o pai dela. Na verdade, trabalhamos juntos por um bom tempo. O pai da menina, que se não me engano se chamava Natália, eram contra um namoradinho de São Paulo que a filha tinha, e que acabou engravidando do *playboyzinho*. É claro que o moleque sumiu do mapa e pelo que fiquei sabendo ela perdeu o menino. Para não envergonhar a mãe e não ficar falada na cidade, a menina foi embora. O pai já não era mais o mesmo depois que a filha se foi, e depois que descobriu que a menina perdeu a criança, só piorou. A ponto de ter que interná-lo. Isso sem contar que a menina roubou toda a economia da família, deixando-os na merda — respondeu o senhor com cabelo grisalho.

— É mentira! — gritou Natália, cujos gritos passavam despercebidos por todos os que estavam na pequena sala, enquanto aproximava-se do das duas pessoas que conversavam a beira do caixão da mãe. — Eu juro que iria devolver o dinheiro. Eu juro...

O aborto na época parecia-lhe a única opção. Não queria enfrentar as críticas e crescer falada em uma pequena cidade, carregando o fardo peso de ser considerada uma puta, pois era assim que as pessoas falavam, sem pena ou misericórdia.

— Eu sou enfermeira e cuidei de Elvira quando estava no hospital, pouco depois de descobrir que estava com câncer. Ela só falava do marido, dizia que ele era um homem bom, que tinha um grande coração e que um problema de família se tornou num tormento para ele. Mas você disse que o nome da menina era Natália? — perguntou a enfermeira obesa.

— Sim. Ela se chamava Natália. Ferrou com a vida dos pais e sumiu do mapa. Pobre mulher! — disse o homem de cabelos grisalhos, enquanto olhava para Elvira no caixão.

— Só agora fui compreender então o nome que Elvira chamava em seus últimos suspiros de vida. Era esse mesmo. Coitada, chamava pela filha até em seu último suspiro.

Até que a imagem foi ficando cada vez mais distante. Natália chorava de forma incontrolável.

Uma nova imagem começou a surgir. Um lugar diferente, com paredes brancas com azulejos pela metade, um pequeno armário com medicamentos destacava-se, ao lado de uma mesa ginecológica, próxima a uma escrivaninha.

Viu um homem usando um jaleco. Ele tinha o cabelo preto, a pele morena, que se levantou e seguiu em direção à uma jovem cuja genitália estava exposta em uma mesa ginecológica.

—*Tiene certeza de que és isso que quieres?* — disse em espanhol, arrastando algumas palavras em português.

Natália reconheceu o lugar. Era a clínica clandestina de aborto que uma amiga da época das noitadas havia recomendado. Ela tinha dinheiro e podia pagar pelo serviço com o dinheiro que roubara dos pais. Não era um serviço de primeira linha como merecia, o que era muito caro e poucos médicos faziam; além de que tinha um propósito para a outra parte do dinheiro. Havia conseguido um passaporte e um visto de turista — com ajuda de uma amiga influente de São Paulo, que foi uma das poucas coisas boas que o ex-namorado havia lhe deixado além do filho — para ir embora para Nova York. Só que a criança apenas complicaria a situação e tornaria praticamente impossível tentar recomeçar uma nova vida, ainda mais em um país onde "as coisas funcionam", era o que dizia o velho avô.

Natália começou a chorar. Sabia que quando procurou a clínica de aborto, aproximava-se do quarto mês de gestação e a última ultrassonografia revelava que o feto pesava quase trezentos gramas. Era uma menina, e nos momentos que pensava em aceitar a continuar com a gravidez a fazia escolher um nome: Vitória. Sim, era esse o nome que o coração escolhera, por outro lado sabia que se a gestação prosseguisse, o futuro seria a derrota de seus planos e a mudança para outro país não passaria de mais um sonho.

Natália viu que o médico pegou um dispositivo que se assemelhava a uma seringa do tamanho de um rolo de macarrão. Lembrou-se do médico pedindo em espanhol: *"Da-me lo AMEU"*. Anos depois foi pesquisar na internet sobre o que era aquele aparelho, e ficou chocada quando descobriu que a sigla era Aspirador Manual Endo Uterino.

Então viu um tubo de látex sendo inserido dentro da própria vagina, seguindo como uma serpente em direção ao útero. Avançou no médico, queria que ele parasse, pois havia se arrependido de sua escolha de abortar. Só que havia se esquecido que estava presa em uma outra dimensão, em um outro mundo. Só lembrou quando transpassou por entre o médico e a própria imagem, deitada com anestésico correndo pela veia, cujos olhos entreabertos olhavam para o vazio — o mesmo vazio que a acompanharia por toda a vida, tornando a alma mais negra e os dias cada vez mais sombrios.

Ajoelhou-se e começou a chorar.

— Pare pelo amor de Deus! — gritava sem ser ouvida, e a cada grito a imagem tornava-se menos nítida.

Já não estava mais na sala. O ambiente havia mudado, desta vez estava dentro de um líquido quente e aconchegante, como se estivesse mergulhando em uma piscina aquecida. Não conseguia enxergar direito, até que conseguiu ver bem diante de si um feto, que se movimenta com vigor. Identificou que era uma menina. Aproximou a mão das mãos do feto, que de forma instintiva, tentou segurar-lhe o dedo, porém a mão do feto transpassou pelas mãos de Natália.

Uma sensação de infinita ternura a dominou. Era Vitória, bem diante dos próprios olhos, de uma forma que jamais imaginara que um dia a veria.

— Eu te amo, filha! — disse Natália, sem conseguir ouvir a própria voz.

Viu então que uma luz intensa iluminava um tubo plástico que a adentrava de forma brutal aquele ambiente tranquilo e sereno, até que o tubo perfurou o abdômen de Vitória, cujo feto tentava se defender de uma forma inútil, enquanto as entranhas eram sugadas pelo mesmo dispositivo que a dilacerava.

Natália pode ver o corpo de Vitória ser despedaçado e flutuar em meio um líquido, que era drenado ao lado da cabeça decepada da filha que um dia a chamaria de mãe, cujos olhos velavam um sono eterno.

A dor de Natália era insuportável. Implorou pela morte, que seria um alívio. A vida perdera o sentido. A imagem foi desaparecendo, ao contrário da dor e angústia que apenas aumentava.

Uma nova imagem foi surgindo. Estava em um quarto branco, totalmente fechado sem paredes ou portas. Então surgiu uma mulher, loira e usando um longo vestido azul.

Assim que Natália a viu, recordou-se do quadro. Era a mulher da pintura.

— Você é a mulher da pintura! — Exclamou Natália.

A linda mulher, loira de vestido azul flutuou, aproximando-se de Natália, que estava apática. A imagem do tubo plástico perfurando o abdômen da filha era como uma projeção repetitiva e dolorosa, que de certa forma continuava involuntariamente ser exibida nos próprios pensamentos. A vida perdera o sentido e sabia que aquela imagem lhe atormentaria por toda a eternidade. A morte talvez fosse um consolo.

— Quem eu sou? — disse a loira, com uma voz suave e carregada de confiança. — Eu sou o fantasma que assombra sua consciência! — afirmou a loira, aproximando-se mais de Natália, que estava parada em pé e chorava copiosamente, lembrando apenas da filha Vitória e da mãe morta num caixão.

A loira pressionou o polegar contra a fronte de Natália que permanecia em estado de choque.

— Eu vou tirar a sua dor... — afirmou, ao mesmo tempo em que afagava o rosto de Natália. — Ao contrário do que pensam eu não sou má... — disse ela. — Sou a justiça.

A loira aproximou os lábios da boca de Natália e a beijou. Natália não conseguia compreender o porquê do beijo e na verdade não queria.

O que a princípio parecia um beijo, transformou-se numa dor inexplicável, ao mesmo tempo que a imagem de uma luz cintilante e intensa era sugada de dentro do corpo de Natália, enquanto uma luz azul, saía do corpo da loira e substituiria a de Natália.

Essa foi a última luz que Natália viu.

Fenômenos

◇◇◇

Leonardo se aproximou do Doutor Yohanssem. Havia lavado o rosto e tentava com todas as forças, manter uma aparência de sobriedade.

— Já está tudo pronto! — exclamou o velhote, enquanto examinava a tela do *laptop*, sem perceber que Leonardo cambaleava tentando disfarçar.

— Leonardo, preste atenção. Na hora que eu ligar o gerador de Tesla, o esperado é que se abra um portal entre a dimensão da pintura e o mundo real. Teoricamente, esse portal será uma ponte que une dois universos distintos, ou seja, a nossa dimensão e o mundo onde sua esposa, sua filha e Natália estão presas. Se der tudo certo, vou entrar para resgatá-las e preciso que você fique na retaguarda, caso tenhamos algum problema com o gerador.

Leonardo sentou-se ao lado do *laptop*, disfarçando como ar de sobriedade.

— Conte comigo, doutor Yohanssem. O que terei de fazer, se tivermos problemas?

Yohanssem olhou para o equipamento, enquanto conferia a fiação e as conexões. Aproximou-se de um dos cabos que continha na extremidade, uma caixa do tamanho aproximado de uma caixa de cigarros, apresentando na parte superior um botão vermelho.

— Tome! — disse Yohanssem enquanto entregava o dispositivo nas mãos de Leonardo e um óculos de proteção. — Preste atenção, na tela do computador tem um medidor de temperatura. Se por qualquer motivo o ponteiro virtual aproximar-se do vermelho, este botão está acoplado diretamente por um cabo que fará vibrar um dispositivo preso em minha cintura quando eu estiver na outra dimensão. Se eu notar essa vibração, eu volto imediatamente e desativo o aparelho de forma que não ocorra uma explosão atômica, conforme já lhe expliquei — afirmou Yohanssem, enquanto secava o suor da fronte com o dorso da mão.

— Fácil. Pode ficar tranquilo que está tudo sob controle — afirmou Leonardo colocando os óculos de proteção, enquanto sentava-se no chão do corredor em meio ao emaranhado de fios, diante do *laptop* que mostrava a imagem do ponteiro na zona verde conforme o velhote havia explicado.

Yohanssem olhou para o aparelho, alguns cabos estavam conectados a pintura a óleo sobre tela, e de lá seguiam para uma peça que se assemelhava a um batente de porta, porém fabricado com diversos materiais condutores diferentes, que também estava conectado a diversos fios e cabos.

Respirou fundo enquanto Leonardo observava a tela do *laptop*, segurando o controle nas mãos cujo extenso cabo seguia até um carretel preso ao chão, e de lá ia diretamente para um dispositivo conectado a cintura de Yohanssem.

"Espero que dê tudo certo. Vai dar tudo certo", pensou Yohanssem enquanto respirava profundamente várias vezes, como se estive prestes a saltar de paraquedas.

Aproximou-se do Gerador Ectoplasmático.

— Por favor, funcione. Confio em você Nikola Tesla — afirmou Yohanssem, até que acionou uma pequena chave ao lado do gerador.

A princípio, pode se ouvir um som contínuo, como se uma pequena turbina de avião tivesse sido acionada, enquanto as lâmpadas de toda a casa começaram a piscar e oscilar a intensidade de iluminação.

A estrutura que parecia um batente de porta, situada diante da tela, permanecia intacta.

— Parece que não vai funcionar! — gritou Leonardo, competindo com o som emitido pelo gerador.

Yohanssem sabia que o gerador iria absorver uma carga de 220 volts e transformá-la em 1 milhão, o que acionaria o gerador ectoplasmático e seu capacitor fluxométrico, que permitiria abertura do suposto portal.

Foi então que um raio saiu da estrutura metálica que parecia um batente, seguindo da extremidade superior a inferior. E de forma sincrônica outros raios, semelhantes aos das tempestades, sucessivamente e com mais velocidade diminuindo o tempo entre o disparo de um e outro começaram a se fundir formando uma estrutura de luz que ia se tornando intensa.

Yohanssem colocou os óculos. A imagem que se formava era um milagre da ciência moderna. Uma estrutura luminosa que supostamente conectaria duas dimensões distintas. Se aproximou do portal, pegou um relógio, amarrado em um pequeno fio e o arremessou em meio a luz, que desapareceu por completo, ficando apenas o fio. O relógio marcava 3h37min42s.

Yohanssem deu a volta e percebeu que o relógio não havia saído por trás do portal. Sim, o gerador de Tesla parecia funcionar.

Posicionou-se a frente do portal e puxou o relógio, que a princípio ofereceu uma pequena resistência, mas logo a seguir saiu com facilidade, chegando a esticar o fio.

Yohanssem examinou o relógio. Estava intacto. O que chamou a atenção é que o relógio voltou marcando 3h37min42s, que começou a funcionar imediatamente ao sair do portal.

"Talvez nessa dimensão o tempo não passe", pensou. Olhou para Leonardo, que não tirava os olhos da tela do computador. "Preciso testar com algo orgânico", refletiu antes de se expor ao gerador.

Aproximou-se de uma pequena caixa e a abriu. Nela havia um pequeno camundongo branco, usando uma pequena coleira.

Yohanssem retirou o animal e o conectou ao mesmo cabo que estava preso ao relógio e arremessou o pequeno animal em direção à luz.

Conferiu atrás do portal, não havia nada atrás dos cabos. Cronometrou dois minutos e puxou o pequeno roedor pela coleira, que voltou preso e andava de um lado para o outro no chão, sem compreender nada, apenas queria um lugar seguro para se esconder, além da ração e água que era lhe servido.

Leonardo olhou para a imagem de luz. Era a primeira vez que via uma imagem semelhante.

— Vou entrar! Fique atento ao botão. Qualquer coisa você me puxa por esse mesmo cabo que é feito de um polímero ultra resistente — gritou Yohanssem, aproximando-se do portal.

— Fique tranquilo, doutor! Está tudo bem. Qualquer problema eu aperto o botão! — gritou Leonardo.

Yohanssem ajustou os óculos de proteção na face. Aproximou-se do portal de luz e foi aproximando lentamente os dedos do portal, que foram se misturando a luz e fundindo-se a ela.

Não sentiu dor, apenas parecia que estava colocando as mãos em um copo d'água fria. Após os dedos, seguiu-se a mão, o braço. Yohanssem respirou e deu um passo à frente, fazendo o corpo atravessar o portal de luz. Uma sensação de frio o acometeu, até que tudo tornou-se negro. Conferiu o cabo. Sim o cabo continuava preso a própria cintura. Retirou os óculos, mas estava flutuando em meio a escuridão completa. O som que parecia uma miniturbina de avião havia diminuído e ficado constante, mantendo o portal funcionando.

Leonardo olhava para a luz na qual o doutor desaparecera deixando para trás um cabo, que saía do portal de luz e fazia o carretel se desenrolar, o mesmo de quando era criança e soltava pipas e a via tornar-se um ponto distante e quase desaparecer no céu.

Tudo estava rodando, a garrafa de vodca socava os pensamentos, assim como o pugilista o saco de boxe. Lembrou-se de Olívia, sim a prostituta Olívia, a vagabunda, a piranha e ordinária mulher com o qual se casou e teve filhos maravilhosos, a única parte positiva do casamento.

Olhou para o final do corredor e viu que as luzes da copa começavam a oscilar, talvez por causa do gerador que consumia uma grande quantidade de energia. Colocou o controle que destacava o botão vermelho, conectado a Doutor Yohanssem no chão. Olhou para tela do computador, o ponteiro no *display* digital estava no verde.

Leonardo levantou-se e cambaleou de um lado a outro enquanto a vodca começava a mostrar seu verdadeiro efeito. Caminhou até a copa, onde a mesa do café da manhã do dia anterior ainda estava exposta, sentou-se enquanto a luz piscava de forma intermitente. Olhou para a xícara e antes que pegasse para tomar um café forte, com a esperança de que cortasse o efeito da bebida, a xícara começou a flutuar da mesma forma que todos os objetos da mesa. Era como se a terra perdesse a força gravitacional.

Coçou os olhos, por causa da vodca esperava ver tudo rodar, mas não flutuar.

— Isso só pode ser efeito da bebida — afirmou para si mesmo, enquanto pegava a xícara que flutuava de forma inexplicável bem diante de si.

Ficou com alguns minutos com os olhos fechados e ao abri-los, os objetos continuavam flutuando.

— Maldita vodca. Por que eu fui beber? — exclamou, enquanto com a mão pegava uma maçã que flutuava bem diante de si e deu uma vigorosa mordida, ao tempo que sentia o sabor da fruta que competia com o sabor da vodca na boca, já meio anestesiada de tanta bebida. Deu um tapa no rosto e fechou os olhos mais uma vez e ao abri-los tudo estava em seu devido lugar.

Debruçou-se sobre a mesa, enquanto lembrava-se da infância humilde e das dificuldades que passou para chegar até onde havia chegado. Sabia que não era o homem perfeito, mas também não era o pior. Considerava-se um vencedor, porém, sua verdadeira felicidade, consistia na família, e um elo havia se quebrado. Sabia que no fundo, o coração não seria forte o suficiente para reparar o elo, que já vinha se desgastando com tempo.

"Sim o tempo...", pensou.

— O tempo é o melhor remédio para as feridas que a vida nos provoca — disse para si mesmo.

Lembrou-se de Melissa e de Fernando. Os filhos que tanto amava.

— Por que você está bebendo? — ouviu uma voz, que veio de uma cadeira ao lado. Uma voz familiar e angelical. A reconheceu de imediato.

Ao olhar para o lado, estava sentada diante da mesa a falecida tia, por parte de mãe.

— Tia Lucinda? O que a senhora está fazendo aqui? A senhora não morreu? — perguntou enquanto secava a baba com as costas da mão, que escorria do canto da boca e encharcava o cavanhaque.

— Já morri há muito tempo, e você nem no Dia de Finados você foi capaz de ir ao cemitério e acender uma vela para sua querida tia.

Leonardo olhou para imagem de Lucinda. Era uma imagem formada semelhante a uma neblina, e não tinha um dos olhos, apenas um buraco oco na órbita. Lembrou-se de que Lucinda havia se suicidado quando descobriu que tio Henrique tinha uma outra família em São Paulo. A dor da traição foi intensa demais para a pobre tia, que deu cabo da própria vida furando os próprios olhos que nada lhe serviam sequer para ver a traição, a ponto de a dor tornar-se tão intensa que deu cabo da própria vida, dando um tiro em um dos olhos. O vestido branco era o mesmo do dia do velório e os dentes pareciam mais amarelos.

— Tia, lhe devo desculpas, mas a senhora tem que entender que minha vida é um inferno. Perdi minha filha, sou corno e para variar, ainda suspeito do desaparecimento de minha filha e da morte de um padre dentro de minha própria casa.

— Pobre criança! — disse Lucinda, enquanto levantou-se, tateou a mesa e foi tateando-a até aproximar-se de Leonardo. — Posso tocar seu rosto? A última vez que senti seu rosto, foi alguns meses antes de eu morrer. Quero sentir como você está.

— Claro, tia. Fique à vontade.

O fantasma de Lucinda tateou o rosto de Leonardo.

— Como você está bonito! Só precisa cuidar mais da barba! — disse o fantasma, enquanto deu a volta na mesa tateando-a e se assentou na mesma cadeira que estava.

— Obrigado, tia. É que nos últimos meses não estou tendo tempo para me cuidar — disse Leonardo, enquanto esforçava-se para abrir os olhos.

— Bem, na verdade vim até aqui para lhe alertar. Não quero que fique se martirizando pelo que aconteceu com seu casamento. Olha o exemplo de sua tia, que terminou cega por um tempo e depois foi parar num caixão. E seu tio?

Leonardo recordou-se do tio Henrique, que continuava morando em São Paulo e feliz com a nova família.

— É tia, a senhora me desculpe, mas o tio está bem. Muito bem por sinal.

— Pois é, e eu aqui, vagando entre dois mundos. Esqueça sua esposa, dê chance para seu coração se aventurar em um novo relacionamento. Siga o exemplo de seu tio e não o meu.

Realmente Lucinda tinha razão. De nada adiantou ela ter se suicidado por causa da traição. Hoje ninguém da família lembrava-se dela.

— Tia, desculpe minha indelicadeza, mas a senhora aceita uma xícara de café? — perguntou Leonardo, olhando para o fantasma.

— Café! Quanta saudades em sentir o sabor de um café. É claro que eu aceito.

Leonardo levantou-se da mesa, cambaleando. Pegou a garrafa térmica e encheu uma xícara de café a ponto de transbordar e derramar na mesa.

Caminhou até Lucinda e colocou a xícara diante dela, não sem antes derramar parte do café sobre a toalha. Com dificuldade voltou e sentou-se na mesma cadeira, diante de Lucinda.

Lucinda tateou a mesa, até encontrar a xícara. A pegou e a levou até a boca bebendo o café em pequenos goles que lhe atravessavam o corpo, derramando na cadeira e respingando no chão.

— O café está bom. Só um pouco frio — afirmou Lucinda, colocando a xícara de volta sobre a mesa.

— Obrigado, tia. Mas do que estávamos falando mesmo?

Então Leonardo olhou para a mesa e Lucinda havia desaparecido, apenas suas palavras haviam permanecido em sua mente.

Foi então que ouviu uma voz, mas foi incapaz de identificar, gritar por um nome que lhe fosse familiar e o principal motivo da bebedeira. Um nome pela qual daria a própria vida para proteger. Melissa.

Leonardo abriu os olhos, ainda meio zonzo. Olhou para o relógio que marcava 5h20m.

— Não acredito que eu cochilei... — disse para si, sentindo os olhos ainda pesarem enquanto era tomado por uma sensação que era uma mistura de sono com dor de cabeça.

— Yohanssem! — lembrou-se do doutor que havia lhe encarregado de vigiar o computador e do botão de alarme.

A passos largos caminhou em direção ao corredor, sentindo as pernas fraquejarem. Ao chegar lá o portal estava ligado, o carretel que prendia o doutor Yohanssem em outra dimensão havia se desenrolado por completo. O botão de alarme continuava no chão, da mesma forma que havia deixado.

Aproximou-se do *laptop*. Ao olhar para o ponteiro virtual, ele já estava no vermelho, aproximando-se do ponto crítico. Ainda que estivesse bêbado, tinha a responsabilidade de acionar o botão conforme Yohanssem havia lhe ensinado. Lembrou-se do que o velhote havia lhe dito, sobre uma explosão atômica, e para evitá-la precisava trazê-lo de volta. O velhote naquele momento seria o único capaz de desligar o gerador ectoplásmico de Tesla, evitando assim uma tragédia de grandes proporções.

"Vamos Yohanssem, volte. Traga minha filha e Natália junto com você!", pensou Leonardo, enquanto tudo girava, só que com menor intensidade.

Um som estridente começou a sair do gerador junto com uma fumaça que fez o detector de incêndio disparar e lançar jatos de água para todo lado enquanto o equipamento dava sinais de que estava pronto para explodir.

Segurou a pequena caixa e pressionou o botão de alarme, porém o botão não se movia. Estava travado, talvez pelos jatos d'água que foram jorrados após o acionamento automático do alarme de incêndio. Pensou em puxar a tomada, mas sabia que se o fizesse, estaria condenando Yohanssem a uma prisão eterna em uma outra dimensão, junto com Melissa, Natália e Olívia.

Continuava a pressionar o botão, de forma obsessiva, porém o botão não saía do lugar. Leonardo levantou-se e caminhou em direção ao portal, olhou atrás da máquina criada por Tesla, na expectativa de encontrar alguma conexão do gerador ectoplasmático com o botão de alarme danificado.

Foi então que ficou perplexo ao olhar para pintura a óleo sobre tela que havia mudado.

Nela aparecia Natália, Melissa e de forma inexplicável, o Doutor Yohanssem flutuando sobre elas, preso por um longo fio prateado que seguia até desaparecer em um ponto luminoso.

Sem que Leonardo percebesse, o ponteiro na tela do *laptop* atingia a zona crítica no ponto de ...

Intersecção

◇◇◇

Yohanssem flutuava com uma pipa na escuridão conectado a um cabo que se estendia até um pequeno ponto de luz.

Sabia que Leonardo estava vigiando do outro lado e que tudo estava bem, ao menos se não sentisse a vibração do aparelho que estava conectado ao botão de alarme que havia deixado aos seus cuidados.

"Preciso encontrá-las, mas como vou fazer isso, no meio dessa maldita escuridão?", pensou Yohanssem enquanto olhava para todos os lados e a única imagem que conseguia enxergar era o ponto luminoso conectado a um extenso cabo, preso a própria cintura. Era a única saída daquela dimensão escura.

Gritou pelo nome de Natália, mas não conseguia ouvir a própria voz. O som não se propagava naquele lugar.

Lembrou-se de havia trazido óculos de visão noturna. Se ele funcionasse naquele mundo sombrio, era a única forma de encontrar Natália, Olívia e Melissa. Tateou a cintura, até conseguir encontrar o pequeno volume, de onde havia colocado os óculos. Retirou-os e com dificuldade conseguiu colocá-los. Acionou um pequeno botão ao lado e imagens tornaram-se uma infinidade de tons esverdeados. Conseguiu detectar a nuance escurecida de duas pessoas, que estavam próximas e flutuavam em um mundo que parecia não ter gravidade. Era tudo o que conseguia observar.

Ajustou os óculos para modo infravermelho, na tentativa de detectar emissões de calor. Foi então que os pontos que havia avistado assumiram formas humanas, de tamanhos desproporcionais — sugestivos de uma criança e um adulto —, com nuances de laranja, vermelho, azul e verde. Lembrou-se do filme *Predador*, cujas visão do monstro alienígena era quase idêntica a visão que tinha à frente.

A imagem menor, tinha certeza de que era a de Melissa. Já a imagem maior, poderia ser a de Natália ou de Olívia. Olhou para todos os lados, mas não conseguiu encontrar outra imagem semelhante.

Porém, outro problema começava a ganhar forma para Yohanssem. Como chegar até as imagens? Aquele lugar parecia que não existia gravidade. Sentia-se como um astronauta, flutuando na lua, com uma diferença: aquela dimensão era tão escura como o ébano.

"Para sair, bastava puxar o cabo, que o conduziria para o portal de luz criado pela máquina de Tesla. Mas como chegar até elas?", pensou enquanto se movimentava, jogando o corpo em direção as duas únicas imagens humanas em infravermelho, porém não saia do lugar.

Tentou gritar por elas, e mais uma vez era incapaz de ouvir a própria voz.

Até que um pensamento alheio, invadiu a própria mente.

— *Yohanssem, é você? Sou eu, Natália. Nesta dimensão a chave é o pensamento.*

Yohanssem concentrou-se, ao tempo em que se sentia aliviado por ter encontrado Natália. Com certeza a imagem menor que via no infravermelho era a de Melissa.

Focou a concentração de forma a enviar uma resposta para Natália. Era inacreditável, uma dimensão onde a telepatia era capaz de funcionar. Talvez, uma evolução adaptava que permitia a comunicação, já a voz de nada servia.

— *Sim, Natália, sou eu! Graças a Deus que você está bem! A imagem que vejo no infravermelho que está ao seu lado é Melissa?* — perguntou enquanto olhava em outras direções, a procura de Olívia.

— *Sim, professor. É ela e está bem. Você precisa nos tirar daqui! Esse lugar só pode ser uma nova concepção do inferno* — respondeu os pensamentos de Natália, que reverberavam por toda a mente do velho professor e doutor.

— *Você conseguiu encontrar Olívia, a esposa de Leonardo?* — perguntou Yohanssem, enquanto às cegas o óculos de infravermelho, tentando aumentar o campo visual de forma a encontrar Olívia.

— *Não a encontrei, Yohanssem. Somente a criança.*

Yohanssem se recordou da imagem que havia visto na pintura, que na verdade era um portal entre duas dimensões paralelas. A última vez que olhava para a tela, Olívia havia desaparecido.

— Natália, você que está aqui a mais tempo, como é que eu faço para me aproximar de vocês?

Por alguns instantes, ficou sem resposta. Até que novamente os pensamentos de Natália lhe invadiam a mente.

— Yohanssem, como lhe disse, a chave deste universo é o pensamento. Imaginei que eu estava ao lado de Melissa e aconteceu. Acho que você deve agir da mesma forma.

Por alguns instantes Yohanssem sentiu um certo receio. Se realmente a teoria de Natália estivesse certa, ele poderia se aproximar delas e usando o cabo, retirá-las daquele local sinistro. Por outro lado, tinha medo de desconectar-se do cabo e ficar preso naquele local para sempre. Sabia que caso o portal se fechasse, ninguém jamais iria conseguir abri-lo, e sequer acreditariam na história de Leonardo, que com certeza estaria em maus lençóis com a polícia, tentando justificar mais três desaparecimentos.

Foi então que sentiu uma vibração em um dispositivo preso ao cinto. Era o botão de alarme que fora acionado por Leonardo do outro lado do portal, que sinalizava uma emergência ou um desastre iminente.

"Não, agora não... Por favor! Eu preciso de mais um tempo!", pensou enquanto olhava para Natália e Melissa, tão próximas e ao mesmo tempo, tão distantes.

Não posso deixá-las para trás. Tenho que arriscar. Yohanssem fechou os olhos e imaginou-se ao lado de Natália e de Melissa, conectado ao cabo.

Não funcionou. Por alguns segundos chegou a sentir-se um verdadeiro idiota desperdiçando o tempo precioso.

"Vamos Yohanssem. Concentre-se!", ordenou a si mesmo enquanto repetia a operação, porém dessa vez com mais desejo. Acreditava que iria conseguir.

Abriu os olhos lentamente e as imagens de calor exibidas pelos óculos de visão noturna que antes estavam distantes, tornaram-se próximas. Percorreu a mão na cintura à procura do cabo e foi tomado por uma sensação indescritível de alívio quando o encontrou.

Esticou a mão em direção a mão de Natália e a segurou. Estava quente.

— Graças a Deus Yohanssem, você conseguiu! — Eram os pensamentos telepáticos de Natália.

Havia conseguido chegar ao lado de Natália e de Melissa, porém precisava sair daquela dimensão o mais rápido possível. Tinha outro problema que o aguardava e desejava que o acionamento do alarme por parte de Leonardo fosse algo fácil de resolver.

— *Natália, quero que peça para que Melissa se agarre em você e que você se agarre em mim. Vou tentar tirá-las daqui.*

— *Claro!* — respondeu Natália enquanto Yohanssem sentia os braços de Natália contornar o próprio pescoço.

— *Está pronta, Natália? Chegou a hora de sairmos daqui!* — pensou Yohanssem enquanto as mãos encontravam o cabo, se se incomodar com o aparelho que continuamente vibrava no próprio cinto. Olhou para imagem em infravermelho de Natália e de Melissa que estavam conectadas à ela.

— Sim, Yohanssem. Nos tire daqui! — Era o pensamento de Natália, que ecoava na própria mente.

Yohanssem esticou os braços e acionou outro botão na cintura. Sabia que aquele botão ativaria o motor do carretel, cujo fio de condução percorria o próprio cabo que os mantinham naquela dimensão escura.

Começaram a ser tracionados em direção ao ponto de luz que, aos poucos, tornava-se mais próximo.

Estava triste por não ter encontrado Olívia, mas havia conhecido uma nova dimensão e quem sabe um novo universo?

Precisava elaborar um novo plano de retorno. Precisava compreender a razão pela qual o som não se propagava e por qual razão a telepatia, que até então a teoria não saia dos papéis ou dos charlatães que se afirmavam mestres na técnica para obter lucro.

Não tinha a menor dúvida de que quando publicasse novos artigos sobre a experiência pela qual havia passado não faltariam recursos para financiá-lo, bem como o Prêmio Nobel poderia tornar-se real, quando provasse que os portais dimensionais seriam a chave para a viagem a qualquer ponto da galáxia ou de nosso sistema solar. Uma viagem instantânea, o que se tornara perfeitamente praticável, ao contrário de ter que desenvolver motores inconcebíveis para a mente humana que colocasse um veículo na velocidade da luz. Lembrou-se de que tinha outro problema para solucionar antes de publicar as teorias e experiências pela qual havia presenciado.

O ponto de luz tornou-se intenso. A cada segundo, se é que o tempo passava naquele lugar, estava mais próximo, até que o portal surgiu diante de si, como se fosse um espelho d'água, na qual conseguia ver Leonardo do outro lado apertando o botão de alarme.

Yohanssem desativou o tracionador. Temia que em caso de mais de uma pessoa atravessar o portal de uma só vez, desencadeasse uma sobrecarga no equipamento com consequências mais graves. O acionamento do botão de alerta era um sinal de que devia agir com mais precaução.

— *Natália, vamos atravessar o portal na seguinte ordem: primeiro Melissa, depois você e por último atravesso eu, entendido?* — pensou Yohanssem até que sentiu que Natália pegar-lhe a mão e colocou as mãos da criança para que Yohanssem a segurasse.

Yohanssem puxou Melissa pela mão, e a empurrou com cuidado em direção ao portal de luz até ver Leonardo correr em direção a filha e abraçá-la com todo amor de um pai, uma mistura de saudades e ternura.

A seguir pegou as mãos de Natália e a empurrou para fora do portal. Viu que ela saiu, cambaleando, e chegou a tropeçar em um fio e cair como uma manga madura em meio ao corredor, até que Leonardo a amparou.

Uma sensação de missão cumprida invadia o coração de Yohanssem. Olhou para trás, e percebeu que não havia nada além da escuridão e frio. Recordou-se de Olívia, porém não a havia encontrado, mas tinha intenção em voltar e quem sabe encontrá-la.

Usou o cabo como guia. Não queria ativar o motor temendo a sobrecarga do equipamento. Como um alpinista escalando uma montanha, foi puxando o cabo até aproximar-se do portal.

Atravessou uma das mãos. Era incrível olhar para a imagem que se assemelhava a um espelho enquanto parte do corpo transpassava dimensões diferentes.

Acabou se enrolando com o cabo, que fez o corpo inclinar, enquanto sentiu a mão tocar o chão da dimensão onde estava Leonardo, Natália e Melissa, que parados olhavam para o portal vendo a mão e parte do antebraço de Yohanssem escorar-se no chão.

Leonardo percebendo a dificuldade do brilhante pesquisador, seguiu em direção ao portal, enquanto o gerador ectoplásmico começava a exalar uma fumaça preta.

— Natália, leve Melissa para a copa. Não quero que ela respire essa fumaça. Vou dar uma forcinha para o doutor Yohanssem — afirmou Leonardo enquanto Natália seguiu com Melissa em direção à sala de estar.

Leonardo se inclinou e se sentou no chão, segurou as mãos de Yohanssem e começou a puxá-lo. Sabia que não seria uma experiência fácil, afinal, o velhote era gordo como o Papai Noel. Era inconcebível a ideia de carregá-lo.

Tentou puxar a mão, porém conseguiu trazer parte do tronco e da cabeça de Yohanssem, que ao colocar a cabeça em nossa dimensão, a primeira observação foi o gerador ectoplásmico que dissipa uma fumaça preta. Era um mal sinal.

— Vamos Leonardo... Puxe! Força meu amigo! — disse Yohanssem, enquanto Leonardo ainda atordoado pela vodca empenhava-se ao extremo.

Yohanssem percebendo que Leonardo não iria dar conta, ativou o controle remoto e segurou no cabo, que lentamente o foi puxando.

Quando estava com joelhos para fora do portal, percebeu que um pico de energia desligou o portal por alguns instantes.

Sentiu uma dor e queimação lancinante pouco abaixo dos joelhos.

Leonardo olhou para o professor e ficou pálido. Levou a mão até a boca, mas não foi suficiente para segurar a vodca que em um jato único saiu em meio ao vômito de Leonardo, que desmaiou em seguida. As pernas de Yohanssem haviam sido decepadas com a oscilação da energia.

Yohanssem começou a sentir uma sensação de fraqueza junto com dor de queimadura em ambas as pernas, enquanto era arrastado pelo cabo, deixava um longo rastro de sangue.

Olhou para as pernas e viu que ambas haviam sido decepadas abaixo do joelho, que sangravam, mas não de forma abundante como seria o esperado pelas lesões arteriais. De alguma forma, a parte decepada da perna, havia sido queimada como se tivesse sido cortada a laser, o que ajudou a estancar um pouco o processo de sangramento, mas não a ponto de impedi-lo por completo.

Tinha pouco tempo antes que entrasse em choque. Desativou o controle que tracionava o cabo, enquanto o portal de luz piscava de forma intermitente em meio a uma névoa preta que começava a ocupar o lugar.

Precisava agir rápido. Além da dor insuportável, a hemorragia não iria cessar se não fizesse algo. O gerador começava a dar sinais de que iria explodir, e se isso acontecesse, milhares de inocentes iriam morrer.

Yohanssem retirou do cinto preso a cintura, um longo pedaço de nylon. Com ajuda de um pequeno canivete que carregava no bolso, cortou o fio e o amarrou em ambas as pernas decepadas de forma a fazer um torniquete.

O suor frio lhe percorria a face pálida. Olhou para Leonardo que continuava inconsciente. Pensou em chamar Natália, mas não poderia colocá-la em risco, bem como Melissa, uma criança inocente.

Arrastou-se até o gerador, desenhando uma mancha de sangue, por onde passava a perna. A obesidade dificultava a aproximação ao gerador, além da fraqueza pelo sangue perdido. A criação de Tesla estava prestes a explodir e precisa desativá-la o quanto antes.

Deitou-se no chão, estava exaurido. A força parecia que lhe abandonara, em meio a um dia turbulento. Virou a cabeça ao lado, olhou para Leonardo, que continuava caído, inconsciente pelo susto.

— Leonardo, preciso que você acorde. Por favor! — gritava por Leonardo, pois se conseguisse desativar à máquina de Tesla antes que ela entrasse na zona crítica, a explosão poderia ser evitada.

Cada pessoa reage diferente à situações de estresse, recordou Yohanssem, até que imagem da meia garrafa de vodca que Leonardo havia bebido veio-lhe à mente. Talvez ele custasse a acordar.

Até que o som de alarme do *laptop* começou a disparar.

— Tarde demais! — disse Yohanssem, cujas palavras mesclavam-se com o som estridente e intermitente que anunciava que a máquina criada por Tesla, ultrapassava a zona crítica e em menos de três minutos tudo iria pelos ares.

A perna decepada doía, uma dor mais amena do que a dor do sacrifício em deixar este mundo. Estava para embarcar em uma viagem sem volta, em um navio que começava a afundar.

A memória reacendeu. Imagens da infância, passavam diante dos olhos como se estivesse em uma sessão de cinema. Do pai e da mãe que lhe se sacrificaram-se para pagar a faculdade. Do primeiro beijo e da decepção do fim de um relacionamento. Da formatura da faculdade de Medicina e das pessoas que conseguiu ajudar e é claro, dos charlatões que conseguiu desmascarar.

Até que uma voz conhecida ressoou aos ouvidos de Yohanssem.

— O que está acontecendo? — perguntou Leonardo, atordoado em meio ao cheiro de fumaça e ao alarme estridente do *laptop*.

Yohanssem olhou para Leonardo, com os olhos cheio d'água.

— Você tem um futuro, meu amigo. Se sua filha voltou, é porque ela tem grande importância para a humanidade. Lamento por Olívia... Saiba que fiz o meu melhor. Tenho certeza de Natália irá lhe amparar, mas chegou a minha hora de conhecer se existe um outro lado após a morte.

Leonardo sentou-se. Olhou para as pernas de Yohanssem decepadas e para a mancha de sangue no chão, até que compreendeu o porquê desmaiou.

— Espere, doutor! Me diga o que posso fazer para ajudar! — disse Leonardo, enquanto tentava absorver a situação em meio ao caos que havia se instalado, em um momento em que o mundo girava ainda pelo efeito da vodca, só que mais devagar.

— Leonardo, saia daqui. Assim que eu desativar esse gerador, devido à sobrecarga ele irá emitir descargas elétricas de altíssima voltagem. Uma carga aproximada a de um raio. Não quero que esteja aqui para ser atingido. Saia daqui agora e leve Natália e Melissa com você.

— Mas doutor...

— Você meu ouviu! Saía daqui! — esbravejou Yohanssem enquanto esforçava-se para se sentar, apoiado no gerador.

Leonardo, como uma barata tonta, andava de um lado a outro, até que por fim deu razão à frase do velhote. Tinha que proteger Natália e Melissa.

Caminhou em direção ao corredor, parou e olhou para Yohanssem, que retirou uma chave de fenda de dentro de um dos pequenos bolsos do cinto que estava caído no chão e enfiou na base do gerador, que emanava uma luz intensa.

Yohanssem sabia que somente desconectando o capacitor de fluxo ectoplásmico conseguiria parar o gerador, porém a carga elétrica de altíssima tensão iria se dissipar como uma onda de energia e eletrocutaria qualquer um que estivesse próximo à máquina pela qual um dia poderia trazer revelações científicas.

A mesma máquina que lhe permitiu conhecer uma nova dimensão. Sim, a máquina que o ajudou a salvar duas inocentes e lhe decepara um pedaço das duas pernas. Pedaços que ficaram perdidos em uma dimensão desconhecida e que jamais seriam encontrados.

Enfiou a chave de fenda e a tracionou, até ouvir um forte estalo. Um feixe de energia, semelhantes aos raios produzidas pela bobina de Tesla disparavam-se em todas as direções. Yohanssem foi atingido pelo por um dos raios, que transformou o mundo que conhecia em uma eterno vazio, enquanto o corpo obeso se incendiava atingido pelos raios, que continuamente descarregavam a energia acumulada que seria o estopim para uma explosão de grandes proporções, se não fosse pela sua intervenção.

Leonardo olhava do final do corredor o corpo do doutor se incendiar. As bolhas brotavam e estouravam, sucessivamente, no corpo sem vida, como se aquele corpo humano sem as pernas, estivesse sendo frito em óleo fervente.

Um cheiro de carne humana queimada invadiu as narinas de Leonardo, que correu até a chave de força principal da casa e a desativou.

Leonardo voltou para o corredor, mas a máquina continuava a soltar raios para todos os lados, e o corpo de Yohanssem, já carbonizado ainda se mantinha em chamas.

— Se eu pegar o extintor do carro ou água para tentar apagar o fogo? — murmurou até que percebeu que havia sido os raios que carbonizaram Yohanssem. Lembrou-se da premissa do choque elétrico em um curso de segurança que havia participado, que dizia que nesses casos o melhor é ficar longe, para não se transformar em uma nova vítima, além de que os raios da máquina percorriam uma boa parte do corredor, o que tornava inviável aproximar-se da máquina, ao menos que alguém tivesse intenção de suicidar.

Chegou a pensar em chamar o corpo de bombeiros, mas como iria explicar a situação? Precisava esperar que a máquina se desligar, colocar a cabeça no lugar para então acionar as autoridades. É claro que antes precisaria falar com Eliza para explicar a presença de mais um corpo dentro da própria casa.

Após duas horas, a máquina de Tesla finalmente parou. Por sorte o piso do corredor era de cerâmica o que ajudou os pequenos focos de chama a se dissiparem. Nesse meio tempo, Leonardo, com as mãos trêmulas seguiu até a sala de estar, onde Melissa dormia agarrada em Natália.

— Cadê Yohanssem? Vocês conseguiram encontrar Olívia? — perguntou Natália, com os olhos marejados.

Leonardo ficou calado. No fundo, Natália já conhecia a resposta. Enquanto isso, os primeiros raios solares do alvorecer transpassavam a janela anunciando o início de um novo dia ao mesmo tempo em que, por fim, toda a fumaça havia se dissipado.

Uma nova perspectiva surgia para Leonardo, e talvez um novo...

Recomeço

◇◇◇

Seis meses haviam se passado, enquanto Leonardo balançava de um lado a outro na rede fixada em duas colunas de madeira, no alpendre da casa cujo quintal avistava-se as areias da praia, e no horizonte, o mar. Orgulhava-se do imóvel que havia comprado. O seguro recebido pela tela destruída, somado as economias, lhe proporcionaram a realização do sonho de ter uma casa a beira mar.

Jamais se esqueceria da experiência que havia vivido. A esposa infiel havia desaparecido, engolida por um quadro. Uma história que nenhum policial aceitaria, se não fosse pelo apoio de Eliza, que conseguiu comprovar as autoridades que Olívia tinha um caso com Jorge, e que após a morte do amante passou a apresentar um comportamento estranho além da dependência de remédios o que a motivou, em meio a turbulências, a fugir de casa. Os pais de Olívia sabiam que a filha era problemática, e testemunharam que ela tinha intenções em largar o marido, e que eles a pressionavam a manter o casamento, sustentando os luxos da filha, e que talvez, ela tivesse feito um bom pé de meia e saído para conhecer o mundo, assim como ela anunciava aos quatro ventos, que era seu maior desejo. Mas a verdade, apenas Leonardo a conhecia.

"Onde será que ela está?", pensou Leonardo, enquanto olhava para Natália e Melissa que em meio ao gramado verde, próximas a uma laranjeira, pintavam uma tela com tinta a óleo.

Mesmo que Olívia aparecesse um dia, sabe Deus de onde, não a perdoaria e pediria a ela para que seguisse seu rumo. Havia encontrado em Natália a mulher que sempre sonhou. A mulher que gostava da natureza, que sabia apreciar os bons momentos, ótima cozinheira, exímia amante e, acima de tudo, tinha um cuidado e um carinho inexplicável com Melissa. Talvez por terem vivido a mesma experiência quando ficaram presas dentro da tela, assim diziam: a dimensão mais escura.

— Se aquela tela não tivesse sido queimada por aquela maldita maquina, ela poderia valer milhões! — murmurou enquanto comia um pão de queijo, mas quando olhou para Natália junto com Melissa, recordou-se do filho Fernando, e foi capaz de ouvir a voz do subconsciente.

"Leonardo, felicidade não se compra. Se constrói!", enfatizou a si mesmo.

A morte de Yohanssem caracterizou-se como acidente. O difícil foi explicar o que era aquela máquina e qual era a sua função, mas com a ajuda de Natália conseguiu comprovar que aquela geringonça fazia parte de um equipamento de pesquisa em parapsicologia, que apresentou defeito e acabou com a vida do importante pesquisador. Diante do grau avançado de carbonização do corpo de Yohanssem, constatou-se que ele foi eletrocutado por uma corrente elétrica de tamanha intensidade, que deixou de cabelo em pé os médicos legistas, ao verem um corpo de aproximadamente 150 quilos, reduzidos a 10 quilos de pura cinza e pedaços que pareciam lascas de carvão. Isso poupou Leonardo de dar esclarecimentos sobre as pernas decepadas de Yohanssem que, de fato, caso fossem a conhecimento das autoridades, não saberia como justificar.

Não cansava de admirar Natália, que usava um vestido azul, longo. O vestido trazia um decote em "v", que deixava os peitos salientes. A pele branca realçava os olhos verdes. Não tinha o corpo de Olívia, mas tinha uma beleza e um carisma que a tornava especial.

— O que vocês estão pintando, meninas? — gritou Leonardo, enquanto balançava na rede.

Melissa olhou para o pai, segurando um pincel e com o vestido branco, esborrifado de tinta.

— Estamos pintando um retrato papai. A Natália está me ajudando. Ela pinta muito bem!

Leonardo riu. Sabia que Melissa amava pintar, e de certa forma Natália estava a ajudando a superar o trauma de tudo o que havia acontecido e sabe-se lá o que aquela criança havia vivenciado. A pintura tornara-se uma válvula de escape, até para Natália que havia escondido as habilidades artísticas.

Levantou-se da rede, iria buscar Fernando apenas no final do dia, pois o menino ficava praticamente o dia todo na escola, e que também tinha uma boa relação com Natália, que confessou ao pai, diversas vezes era legal e que tinha uma mente aberta, diferente da mãe, que as vezes durante o dia sequer lhe dirigia a palavra.

Fernando sentia falta da mãe, mas sabia dos problemas que ela tinha, e que o dinheiro e a ostentação vinham em primeiro lugar. Levaria tempo para compreender que a mãe havia fugido e por isso, passou a odiá-la ainda mais quando soube da traição. É claro que, com a ajuda de Natália, tiveram que contar a Fernando, que Melissa havia sido sequestrada e devolvida meses depois, após o pagamento do resgate. O sigilo foi uma decisão de Leonardo e Natália, de forma a não gerar mais traumas psicológicos, e por via das dúvidas, Fernando e Melissa frequentavam o mesmo psicólogo, com a diferença de que o caso de Melissa era tratado em absoluto sigilo de Fernando. Melissa contava que uma mulher havia a sequestrado e a levado para um lugar escuro, e que Natália a salvou.

A verdadeira história, tornara-se um segredo, até da psicóloga. Era como uma ferida, que doía, mas tinha certeza de o tempo iria se encarregar de amenizá-la, e quem sabe um dia até poderiam esquecê-la.

Leonardo caminhou em direção à Natália. Antes que se aproximasse de seu novo amor, Melissa veio correndo em sua direção.

— Papai, papai. Te amo! — disse Melissa, enquanto em um salto pulou em Leonardo, que a agarrou no ar.

— Também te amo, filha! É melhor você entrar e tirar essa tinta toda da mão, antes que suje a casa toda.

Melissa desceu, escorregou pelos braços de Leonardo e correu para dentro da nova casa, enquanto Natália aproximou-se.

— Está tudo bem com você, querido? — disse Natália, ficando na ponta dos pés, enquanto os lábios roçavam o pescoço de Leonardo em meio a calorosos e suaves beijos.

— Está sim — respondeu Leonardo. — O que vocês estão pintando?

Natália, enfiou as mãos por trás da camisa do ilustre advogado, enquanto sentia o calor do corpo do fiel amante.

— Apenas rabiscos! Você sabe melhor do que ninguém, que a pintura é uma terapia para Melissa.

Leonardo riu. Ajeitou o cavanhaque, enquanto a ponta da camisa branca que estava fora da calça, balançava ao vento.

— Claro que sei, querida. E de coração, se não fosse por você, não saberia dizer o que seria minha vida, depois de tudo que passamos.

Natália segurou as mãos de Leonardo.

— Isso um dia vai passar. Foi um momento triste que você teve que enfrentar. São estes desafios que nos fazem crescer e, às vezes, a verdadeira razão de todo o sofrimento que temos que enfrentar, as respostas só surgem com tempo.

Leonardo abraçou Natália, e a seguir a beijou, mas com delicadeza ela se afastou Leonardo.

— Querido, acho melhor você ir ajudar Melissa com o banho, senão o banheiro irá ficar imundo de tinta.

Leonardo colocou as mãos no bolso, enquanto sentia-se hipnotizado pelos olhos de Natália.

— Você tem razão, querida. Vou lá supervisionar Melissa, senão o banheiro vai se transformar em um verdadeiro caos.

— Enquanto isso vou recolher o material de pintura e guardá-los no depósito — respondeu Natália, afagando o rosto de Leonardo.

Leonardo passou ao lado da rede, recolheu a vasilha com pão de queijo e foi ao encontro de Melissa.

Natália sorriu, caminhou em direção à pintura que estava fazendo com Melissa. Olhou para trás, certificando-se de que Leonardo havia entrado. A tela trazia a imagem de uma mulher, com o corpo sinuoso, com longos cabelos loiros, usando um *baby-doll*, cuja face apresentava duas grandes olheiras e um olhar vago para o infinito.

Os olhos de Natália ficaram vermelhos, enquanto segurava o pincel e dava os últimos retoques na imagem recém-pintada.

— Nem sua filha é capaz de reconhecê-la. Apenas meus olhos são capazes de lhe enxergá-la, Olívia, vivendo nesse mundo amaldiçoado. Minha mãe, me colocou dentro desse quadro para me proteger, pois quando descobriram que eu era filha de uma bruxa, me acusaram de ter envenenado meu mestre Leonardo da Vinci enquanto eu era sua discípula no castelo de Amboise, na França. O rei, que o era o melhor amigo de Da Vinci, colocou minha cabeça a prêmio e tive de fugir para os braços de minha mãe, que tinha o nome cabalístico de Evon Zerte. De dentro dessa tela, e isso eu sei melhor do que ninguém, vi minha mãe ser torturada e morta, perdendo a chance de me libertar desse mundo na qual você está presa em meu lugar. O quadro passou para as irmãs do *coven* de minha mãe, e depois para outra bruxa que acabou se perdendo por um longo tempo no oceano, até que um dia dois infelizes caçadores de recompensa me encontram. O tempo nessa nova dimensão que você está confinada a viver, me ensinou a forma de me libertar. Acredito que um dia você irá conseguir descobrir o segredo que lhe revelará a saída, mas com certeza eu, Leonardo e seus filhos não estaremos mais aqui.

O retrato de Olívia, de forma inexplicável, mudou a expressão. Uma lágrima lhe percorreu a face da imagem retratada a óleo sobre tela, enquanto Natália, assinava seu verdadeiro nome no canto inferior direito do retrato: Alena Zerte.

— Não chore, querida. Logo você estará presa no fundo do oceano, assim como eu fiquei. Veja o lado bom! Você terá tempo suficiente para pensar em suas maldades.

Natália despregou a tela com o retrato de Olívia da armação de madeira, a enrolou e a colocou em um tubo de porcelana, lacrando a tampa com cera.

Caminhou em direção à praia que estava vazia. Deixou as sandálias na areia e caminhou em direção ao mar, até sentir que água lhe atingia a altura do peito. Arremessou o tubo de porcelana em direção ao oceano que após boiar por alguns segundos, aos poucos foi afundando até se perder de vista e ser levado por uma corrente marítima para algum lugar no meio do oceano, para quem sabe, um dia, talvez ser encontrado.

Natália olhou para o horizonte que era uma mistura de azul e verde oceânico enquanto sentia a areia da praia ser levada da sola dos pés pelas ondas do mar.

A luz, a vida, o amor, a mais bela arte da natureza, haviam substituído a escuridão.

Epílogo

◇◇◇

-24.778464, -24.401017
Sul do Oceano Atlântico

Lembrou-se da esposa e dos filhos, em seus pensamentos. Carlos estava flutuando em um lugar escuro. Tentou gritar, mas não era capaz de escutar a própria voz.

Era incapaz de enxergar um palmo à frente do nariz. Tentava compreender por qual razão fora engolido pelo quadro daquela bela mulher.

Lembrou-se de José. Sim, meu amigo José é a única pessoa que pode me tirar daqui. Ele vai encontrar um jeito. Não é qualquer um que entra no Santa Maria D'agnes e desaparece.

Havia perdido a noção do tempo. Foi então que a escuridão começou a se transformar em luz até que a imagem de um lugar que lhe parecia familiar foi se formando.

Nesse lugar havia um homem e uma mulher ajoelhados, ambos com os olhos vendados a boca amordaçada. A mulher chorava, havia urinado na calça.

Carlos viu a própria imagem, em pé apontando uma arma para o casal. Estava vigiando-os, como se esperasse por alguém. Estavam em um depósito. Sim um depósito, próximo as docas do Rio de Janeiro, onde apenas máquinas velhas e obsoletas estavam condicionadas em caixas velhas com pregos enferrujados, empilhadas uma sobre a outra, formando um corredor por onde raramente passava alguém. Era o lugar perfeito.

Próximo ao casal, havia uma pequena mesa coberta com uma toalha azul, e sobre ela havia diversos instrumentos, semelhantes aos materiais usados pelos cirurgiões, porém mais rudimentares.

O homem tentava se libertar da mordaça a todo custo, mas em vão. Carlos apenas observava a própria imagem parada diante do casal. Então viu o amigo José aproximar-se em direção ao homem e a mulher, e retirar-lhe as vendas dos olhos.

As lágrimas da mulher escorriam por toda a face, cujos olhos refletiam o desespero e o desejo pela liberdade.

José tirou a mordaça do homem.

— *Pelo amor de Deus, José! O que você está fazendo? Você ficou louco!* — disse o homem com a voz carregada de desespero, enquanto os olhos aflitos olhavam para esposa.

Carlos viu outro espectro como ele se aproximar, o reconheceu de imediato. Era José. De alguma forma o amigo também havia sido engolido pela pintura. Ambos ficaram parados, em meio a uma cena que prefeririam não recordar, porém eram indiferentes a ela. No fundo sabiam como ela iria terminar.

A imagem de José se aproximou do homem que implorava pela vida.

— Paulo, vou lhe perguntar pela última vez. Ou você me fala onde eu posso encontrar a porra desse baú que afundou ou vou matar Sofia — disse José ao prisioneiro.

— Eu não sei. Juro por tudo que é mais sagrado, que eu não sei do que você está falando! Por favor, não faça nada com Sofia — respondeu Paulo, com os olhos tristes, enquanto olhava para a esposa.

— Não adianta querer me enganar. É a última vez que eu pergunto. Onde afundou o navio com o baú cheio de tesouro? Sei que você passou grande parte de sua vida estudando sobre isso e graças a sua bebedeira no último jogo de pôquer você deixou escapar.

Sofia olhou para Paulo com ódio. O maldito jogo de pôquer de final de semana. Não imaginava que poderia colocá-la naquela situação humilhante e ameaçadora.

— Eu não sei do que você está falando! Já lhe disse, caralho! Só liberte Sofia. Ela não tem nada a ver com essa com essa história. Ela é inocente.

A imagem de José andou de um lado para o outro. Aproximou-se da mesa com o material cirúrgico e rudimentar. Calçou uma luva e pegou um alicate de corte e foi em direção a Sofia.

— Por favor, José, por tudo que é mais sagrado! Deixa-a ir. Ela não sabe de nada.

— Paulo, eu vou contar até dez — afirmou José enquanto pegava o dedo mínimo de Sofia e o colocava entre as duas faces do alicate.

Com toda a força pressionou o alicate. Ouviu-se um estalo, enquanto o dedo mínimo de Sofia caía no chão, seguido de um urro abafado pela mordaça.

— Um! — disse José com ironia, enquanto Carlos apenas observava com uma pistola apontada para a cabeça de Paulo.

— Não, para com isso, eu imploro! Não faça nada com ela! Eu digo, eu juro que eu falo! — gritou Paulo, um som estridente abafado pela angustia de ver a pessoa que tanto amava ferida.

José estava indiferente ao apelo de Paulo, enquanto Carlos, com um soldado a serviço da Vossa Majestade Britânica, mantinha a guarda, indiferente ao apelos e gritos de agonia.

Pegou a mão de Sofia, com os quatro dedos restantes. Novamente ouviu-se mais quatro estalos, seguidos de um urro desesperado de dor, e a seguir o silêncio.

Paulo tentou se levantar e avançar em José, porém um chute no rosto, proveniente do cão de guarda Carlos, o atordoou e o arremessou ao chão. Novos chutes deram sequência, só que desta vez no abdômen e no tórax.

— Fala, caralho! Onde está a bosta do mapa? — esbravejou José, enquanto Paulo tentava tomar fôlego.

— Está bem. Eu falo, mas não faça mais isso. Eu faço o que vocês quiserem, mas não machuquem mais Sofia — disse Paulo, caído no chão enquanto se contorcia de dor. — O mapa está comigo. Eu não o deixo em lugar nenhum, pois sei que ele pode valer uma fortuna. Na minha corrente em volta ao meu pescoço tem uma imagem de São Bartolomeu. Na verdade, ele é um *pen drive*, onde está a suposta localização do mapa e toda minha pesquisa.

José apenas olhou para Carlos, que se aproximou de Paulo, caído ao chão e com toda a força arrebentou a corrente de ouro com a imagem que ele havia referido.

Carlos caminhou em direção a uma pequena mochila colocada sobre uma das velhas caixas de madeira e retirou dela um pequeno *laptop*. O ligou, conectou o *pen drive* ao pequeno computador. Ao abrir o *pen drive*, diversos arquivos sobre a pesquisa de Paulo apareceram. Entres eles, um especial em PDF: MAPA X.

José aproximou-se do *laptop*. Olhou para Carlos com um sorriso que era uma mistura de ironia e felicidade.

— Sim, o X marca o local do tesouro. Pode acabar com eles.

Carlos consentiu com um movimento único da cabeça. Pegou a pistola automática calibre 38 com silenciador e aproximou-se de Sofia.

Deu três disparos na cabeça da pobre mulher que, para sua felicidade estava inconsciente já que ao menos dizem que pessoas inconscientes não sentem dor, cujo sangue misturado com pedaços de massa encefálica começou a esvair-se e gotejar ao chão, formando uma pequena poça que logo fundiu-se com a outra mancha deixada pela mão sem dedos.

— Você não precisava ter feito isso! Filho da puta! Eu já lhe dei o que você queria. Eu vou te matar seu desgraçado. Você vai queimar...

Antes que completasse a frase, mais três tiros acertaram a cabeça de Paulo, cujo corpo, inerte, permanecia próximo ao da esposa morta.

— Romeu e Julieta moderno, hein, Carlos!

Carlos riu. Arrumou um saco plástico e caminhou em direção aos corpos. Tinha apenas um novo propósito, levar os corpos ao barco Santa Maria D'agnes e desová-los no oceano. Não podiam deixar provas.

Então a imagem foi se tornando distante, e os dois espectros de Carlos e José se entreolhavam sem compreender onde estavam e incapazes de se comunicar.

Então a imagem de uma bela mulher, a mesma do quadro surgiu diante dos dois.

— Bem, queridos, acho que compreenderam o porquê estão aqui. A hora de vocês chegou! — disse a bela mulher.

Então Carlos e José começaram a sentir o corpo pegar fogo. Estavam sendo queimados vivos.

Ambos tiveram um único pensamento e uma grande certeza: de que o inferno existe.

editoraletramento
editoraletramento.com.br
editoraletramento
company/grupoeditorialletramento
grupoletramento
contato@editoraletramento.com.br
editoraletramento

editoracasadodireito.com.br
casadodireitoed
casadodireito
casadodireito@editoraletramento.com.br